太田出版

目次

第1章 子育ては常に切ない

第2章 特別な夜

第3章 妻が妊婦だったころ

第4章 すこし不思議な話

第5章 さらばベビーカー

＊本文に掲載している価格・メニュー表記等は執筆時のものです。

装画　killdisco
本文イラスト　パリッコ
デザイン　戸塚泰雄（nu）

第1章

子育ては常に切ない

缶チューハイとベビーカー

２０１７年の春に娘が生まれて以降、ライターの先輩たちに「いつか育児エッセイを書くかもしれないんだから、おもしろいエピソードはメモしておいたほうがいいよ」とアドバイスを受けたことが何度かある。が、僕はあえてそれをしてこなかった。だって、子どもが産まれるとわかった瞬間に、「育児エッセイだけは絶対に書かない」と心に決めていたから。僕は赤ちょうちんのぶらさがった大衆酒場が主な仕事場の「酒場ライター」。柄じゃないにもほどがある。

ところが今回、ＷＥＢマガジンでの連載の話を、プライベートでも大変お世話になっている編集者の森山裕之さんからいただき、「どんなテーマがいいですかね？」なんて話していたときのこと。森山さんが何気なく「パリッコさんがよくＳＮＳでつぶやいているお子さんのネタ、好きなんですよ。育児ものなんてどうですか？」と言うのだ。そこではたと気づく。なんということだ！　僕は無意識に、娘に関する親バカメモをせこせこと書きとめてしまっていたのか！　まったくＳＮＳとやらは油断ならん。などと思いつつ、しかしまずは一度「育児エッセイだけはちょっと……」とお断りした。

しかしさすがは百戦錬磨の森山さん。「普通の育児エッセイじゃなくて、酒飲み視点のもの、読んでみたい気がするなぁ」と。確かに、子育ての苦労や幸せを綴った育児エッセイは偉大な先人たちがたくさん世に残している。が、「育児しながらどう酒を飲むか」の苦労がテーマのものなんて、あまり読んだことがないし、僕自身も読んでみたい気がする。

そう思ったとたん、こんなこともあった、あんなこともあったと、ネタがどんどん湧き出てきた。というわけで、そもそも人生の軸がぶれぶれな僕は、ここに「育児と酒」がテーマのエッセイを書き始めてしまっているのだった。

そもそも「育児と酒」なんて「水と油」以上に相性が悪いもののような気がする。ここまで読んですでに「けしからん！」と憤慨している方もいるかもしれない。が、以前こんなことがあった。

ある休日の昼間、仕事で阿佐ヶ谷の角打ち店（店頭で酒が飲める酒屋の総称）を取材していたときのこと。若い夫婦が立ち飲みをしていて、奥様は胸に小さな子どもを抱いていた。その姿があまりにも幸せそうで、つい「よく来られるんですか？」と聞いてみる。すると「いえ、前はよく来てたんですけど、妊娠してからはぜんぜん。でも、この子の授乳期間がやっと終わったから、今日、何年かぶりに一杯だけ飲みに来たんです」。僕は心のなかで泣いた。こういう幸せな側面があるからこそ、人生をかけて追い求めてみたいのが「酒」なんだよ！　と。

自分に子どもができたことにより、生活はかなり変化した。以前は休日ともなれば、夫婦で「今日はどこ行く？」なんて言って、時間も気にせず飲み歩いていた。もちろんここ数年、そんなことはできていない。が、今はこういう時期だからと、なんだかんだ楽しんで生活している。ただそれでも、僕は、隙あらば酒を飲みたい人間だ。どうしても生じる苦労はある。

たとえば子守り中。妻が家事をしてくれているあいだ、僕が娘を外に連れ出すことになった休日があるとしよう。酒を飲んで自転車に乗れば飲酒運転になってしまうので、歩きやベビーカーの場合限定になってしまうけど、さすがにビール1杯やチューハイ1缶で酔っぱらうということはない。その1杯を上限に、タイミングがあれば酒を飲んでいいというルールを、僕は自分に設けている。ただし、そのタイミングを見つけることが至難の技なのだ。

ある晴れた休日、ベビーカーに娘を乗せて近所の石神井公園（東京都練馬区）に連れてゆき、ひとしきり遊んだあと、おやつでも買ってひと休みしようかと提案した。池のほとりのケーキ屋に娘のハマっているドーナツがあって、それを買ってやると言えば断られる理由がない。が、そこからが苦難の道だった。

僕が「このドーナツ、『いせや』さんで食べさせてもらおうか？」と聞く。すると娘は、店の目の前にあるベンチを指差し「ここでたべたい」と言う。「でも、いせやさんもすぐそこだよ？」と説得を試みる。ちなみに「いせやさん」とは、駅前の商店街にある「伊勢屋鈴木商店」という酒屋で、店頭にテーブルとベンチがあって、店内で買った酒はもちろん、生ビールまで飲める天国だ。かなり自由に過ごさせてくれる店で、女将さんには娘が赤ん坊のころから良くしてもらっている。

つまり僕は、娘にそこでドーナツを食べさせつつ、生ビールが飲みたいのだ。

ところが娘は一刻も早くドーナツを食べたいから、どうしても首を縦に振ってくれない。あまつさえ、「いせやさんにはもうなんかいもいったでしょ〜?」と、独特な持論を展開してくる。「いや、いせやさんには何回行ったっていいんだよ……」とは思えど、こうなってしまってはお手上げだ。僕はベンチで娘がドーナツをほおばるさまをぼけーっと眺め、満足した娘に「じゃあ、帰ろっか」と告げ、ベビーカーへ乗せて歩き始めた。

すると、あの振動ってきっとすごく心地がいいんだろう。気がつけば娘がスースー寝息を立てている。うおー、チャンス到来! 慌ててコンビニに寄り、タカラ「焼酎ハイボール レモン 350㎖」を1缶買って公園へ。木漏れ日の下、周囲にひとけのないベンチを見つけ、ベビーカーを横づけし、ペットボトル用のカバーをつけたそれを、ひっそりと飲む。ごくり……ごくり……ひと口ずつ大切に飲むチューハイが、いつにも増して沁みる。娘はあいかわらず、穏やかな顔で眠っている。

ふいに生まれた、たった5分ほどの自由時間。それを全身全霊で満喫したら、僕はまた何事もなかったように歩きだす。こんな苦労は、そしてこんな酒は、きっと今だけしか味わえないんだろうな。と思うと、意外に悪くない。

缶チューハイと
ベビーカー

のびたアンパンマンおうどんで酒を飲む

そういえば、多くの方の目に触れる可能性のあるこのWEB連載の場所で、娘の本名を公開することは避けたい。そこで本書では、娘のことは「ぼこちゃん」と仮称することにする（別に実際そう呼んでいるわけではない）。たいして深くもないその由来は、そのうち気が向いたら書かせてもらうかもしれない。

ところで娘は、食に対してはかなり保守的なほうだ。

子どもが好きそうなものならなんでも食欲むき出しで食べるようなタイプとは正反対で、基本、知っているものしか食べない。その〝知っているもの〟の範囲をなんとか拡張しようと日々試行錯誤している状態が、離乳食を卒業してから4歳の現在にいたるまで、ずっと続いている。しかも、まったくがつがつしていない。作ってやった小さなおにぎりの最後のひと口を「もうおなかいっぱい」と言って残したりする。これには、意地汚い僕の遺伝子が受け継がれているはずなのに⁉と、たびたび驚かされる。

そんなあれこれについて、一時は「健やかな成長のために良くないんじゃないか」と、夫婦でものすごく心配に思っていた。が、あるとき、すでにお子さんもだいぶ大きくなった女性の友達が、「大丈夫大丈夫！　うちの子なんてほぼ『カプリコ』と『とんがりコーン』で育てたから！」と大笑いしながら言ってくれて、なんだかすごく楽になった。もちろん引き続き、娘の食べられる、なるべく栄養のある食材の範囲拡張には努めつつも、「とりあえず食べてくれるもんを食べてくれれば御の字」と思えるようになった。

主食は、まずパンは大好き。バタートースト、スティックパン、クロワッサン、甘い系のチョコパンやクリームパンやパンケーキなんかは喜んで食べる。ただし惣菜パンの類は、未知の具材に警戒して食べない。

米も普通に食べてくれ、とりあえずそれがありがたい。特におにぎり（娘はなぜか「にぎ」と呼ぶ）が食べやすいようで、よくリクエストされる。とはいえ「塩むすび」か、ふりかけの「ゆかり」をまぶしたのかの二択なんだけど。他によく食べてくれる、オムライス、玉子チャーハン、「アンパンマンカレー」には、細かく刻んだ野菜を密かに入れ、気づかれたり気づかれなかったりしている。

麺類は、パスタは食べる。ただしこれも「アンパンマンミートソース」まぶしオンリー。うどんは気分次第。そばはまだ。あと、シールつきの子ども用インスタント麺みたいなのは好きで、マグカップサイズのが3つ入った「アンパンマンラーメン」と「アンパンマンおうどん」を常備している。アンパンマンに助けられているのは、カバおくんやウサこちゃんだけじゃないのだ。

肉類は、基本的に鶏オンリー。豚や牛は食べたがらない。子どもなら大好きそうなハンバーグも、いわゆる茶色いデミグラス系のソースがかかったようなのには興味がなく、「しろいはんばーぐがいい」んだそう。白いハンバーグとは、鶏ひき肉に玉子、片栗粉、パン粉、玉ねぎ、めんつゆなどを目分量で加えて練り、小型に成型してシンプルに焼いた我が家の定番メニュー。ハンバーグというかほぼ「つくね」なので、多めに作って自分の酒のつまみにもする。他にも、からあげ、鶏天、鶏そぼろなど、シンプルめな鶏肉料理ならたいてい食べてくれる。あと最近、ハムは好きになったようで、ペラペラのを星形に切り抜いてやると、嬉しそうにぱくぱく食べている。

魚は全般的に好きで、これがいちばんありがたいかもしれない。「ぴんくのおさかな」こと鮭は、焼、ムニエル、フライ、ほぐし、なんでもござれ。次点がブリで、これが2トップ。他にも、アジ、サバ、タラ、カジキなど、たいてい食べてくれるし、コロナ前に行った旅行の夕食バイキングで「鮎の塩焼き」を、珍しくがっついて2尾も食べたのには驚いた。

そういえば以前、娘が「ぼこちゃん、また〝いなご〟がたべたい」と言ってきて驚いたことがある。いなごなんて家で出したことないし、つーか絶対の絶対に嫌いそうじゃん！　まさか保育園の給食で……？　と、しばらく困惑した。よくよく聞いてみると、一度、贅沢なことにうなぎを食べさせてやったことがあり（もちろんほんの少し分けてやっただけだけど）、それが気に入ったという話だった。うなぎ、生態系的にも家計の事情的にも頻繁には無理だけど、なにかの節目にはあらためてちゃんと食べさせてやりたいな。

それから、娘のおかずの不動のセンターといえば「玉子」。というか、基本的にほぼ毎日、朝はパンかおにぎりと玉子焼きだ。玉子焼きには要望により、パンダ、猫、熊、犬などの顔をケチャップで描くことが多く、最近の定番は「にこにこしててほっぺがぽっとしてるこ」。いわゆるスマイルマークを描いてほっぺたのところにもちょんちょんとケチャップをつけ、頭に王冠のピックを刺すのが基本形。

野菜は全般食べたがらないが、甘い系のさつまいも、かぼちゃからスタートし、にんじん、大根と、少しずつ食べられるものが増えてきた。これは、親に代わってさまざまな料理を出してくれる保育園のおかげも大きいと、とても感謝している。

最後に信じられないのが果物で、なんと一切食べない。あんなに味も食感も食べやすそうなバナナを筆頭に、みかんもりんごもぶどうも桃も、な〜んにも食べない。ケーキのいちごも、ていねいにすべて取り除いて食べている。子どもって果物さえあれば上機嫌なイメージがあったのに。我が娘が一体いつになったら果物を食べるようになってくれるのかは、目下大きな関心ごとのひとつだ。

ちなみにケーキの話が出たが、甘い系のおやつはわりとなんにでも興味を持ち、やたらと食べたがるので、今日はあげすぎたかなぁ……と、夫婦でプチ後悔にさいなまれる夜は多い。

娘の食に関する、もう少し短期的な親の気苦労が、「ブーム」と「気分」問題だ。

「ブーム」はもうその通りで、たとえばある日出して気に入った瞬間から、空前の「ほぐし鮭ブーム」が到来する。毎日毎日「しゃけごはんがいい」と、お碗によそうにしても、おにぎりにするにしても、とにかくほぐし鮭を混ぜてほしがる。が、2週間ほどすると、それがパタリと終わる。うっかり前日までの癖で「はい鮭おにぎり」と出したら頑として食べず、「しろいにぎがいい……」と言われたりする。

「気分」はもっとスパンが短い。

平日の朝、「今日はチャーハンでいい？」「うん（Eテレをぼーっと眺めながら）」なんて会話があり、作ってやる。すると食卓でそれを目にした娘が「きょうはおむらいすがよかった！」などと言ってくるわけだ。ここで断固、「さっき『うん』って言ったでしょ？　これを食べないなら今朝はごはんなし！」とでも言えればいいのかもしれないけど、僕も妻も娘には甘い。それに、時間までには保育園に連れて行かなきゃいけないし、朝はなにかと忙しいのだ。「わかったわかった。じゃあ絶対に食べてね？」なんつって、オムライスを作ってやる。これならまだいいほうで、おにぎりだけでお腹いっぱいになってしまったと、自らリクエストした玉子焼きを丸々残すなんてことも珍しくない。

この、子ども用の皿に残された小さな料理は、一応ラップをかけて冷蔵庫にしまわれることになる。で、夕方に仕事が落ち着いてひとり、「軽く一杯やるか」なんてとき、そういえば、と取り出してきて食べるそれが、実は意外とちょうどいいつまみだったりするのだ。

冷えてしぼみ、かちかちになった玉子焼きの、どこかわびしい美味しさ。ふだん自分ではかけることのないケチャップ味のアクセントも、なんだか懐かしくていい。

鮭おにぎりやチャーハンなんて、できたてよりも冷めているほうが酒に合うくらいだ。駅弁の冷めたごはんがいいつまみになるあの感覚。逆にアンパンマンカレーは、ちょっとカレー粉を足してフライパンで炒めなおし、ドライカレー風にしてやるとビールがすすむ。

ハート形のパスタをゆでてアンパンマンミートソースをまぶしてやったら、「りぼんのぱすたがたべたいっていった！」と怒られ、丸々残ってしまったもの（これは僕のうっかりによるミスで、思えば確かにそう言っていた）。こんなのは小粋なタパスそのもので、粉チーズとタバスコを軽くふり、赤ワインと合わせた。

なかでも僕がいちばん好きなのが、例のアンパンマンラーメン＆おうどん。一度、作ってやったもののほぼ手をつけなかったそれを「どんなもんか？」と食べてみたら、シンプルな味ながら、だしも塩気もちゃんときいていて、意外なほどに美味しかった。

また、僕はのびきってしまった麺類が嫌いじゃない。冷蔵庫で冷えてグズグズになった「のびアンパンマンおうどん」など、和食の冷製前菜と考えると晩酌のスタートにちょうどいい。さらにひと手間加えるならば、そこに卵を落としてざっくりと混ぜ、ラップをかけて固まるまでレンジでチン。関西に、茶碗蒸しにうどんの入った「小田巻蒸し」という料理があるが、もはやそれだ。

というわけで、アンパンマンラーメン＆おうどんに限っては、娘が残したときに心のなかで「ラッキー」と思っていることを白状しておく。

うどん屋
にて
炊き込み
ごはんの
青菜だけを
丹念に
とりのぞく

人生初映画館

娘のＴＶや動画視聴に関する制限をどうするか問題は、これまた「いいのだろうか？」と感じつつ、今のところうやむやになっている。

そもそも僕の実家が、食事中でもなんでもＴＶがついている家だった。そのせいか重度のＴＶっ子となり、自分の現在の人格に大いなる影響を与えている自覚はあるが、しかしそれを悪いことだとも思えない。というか、ＴＶのおもしろさに夢中になって、（詳細は省くけど）そこからインスピレーションを得た音楽活動をしたりもし、なんやかやすべてがつながって、今のこの、まったく世の役に立っていないのになんだか生きてはいけている自分がいると思うと、むしろ感謝のほうが大きい。ただそんな意見も、立派でまじめな考えの人からすればけしからんということになるのだろうし、つくづく、子育ての正解はわからない。

娘は2歳くらいから、YouTubeに興味を持ち始めた。親が日常的にスマホをいじってるんだから当たり前だ。驚いたのは、アンパンマンなどのおもちゃを開封し、裏声で人形にセリフを当てながらただ遊ぶだけみたいな動画ジャンルがあって、それが一大シーンを築いている。どうやらそういう系で人気のユーチューバーは、おもちゃもどこかから提供してもらえるし、けっこうな利益を得ていたりもするみたいだ。が、僕も妻も、偏見なのかもしれないけれどどうも抵抗があって「あ、ぼこちゃん、それユーチューバー！」なんつって、なるべく見せないようにしていた。

そんななかでたどり着いたのが「BabyBus」シリーズ。双子のパンダ、キキとミュウミュウを中心としたCGキャラクターたちがくり広げるミュージカル風のアニメで、リンクをたどると（失礼ながら）どう内容が違うのかわからない短編がいくらでも見つかる。娘が3歳くらいのころは「べいびーばすみたい！」というセリフを一日に何度聞いたことか。が、やはりスマホの画面を長時間見せるのには抵抗があって「じゃあひとつだけね」なんて制限を設けるんだけど、油断するとそのひとつが、短編がたっぷりつながった30分くらいの動画だったりして、しまった！　と思うのだった。あとBabyBus、なぜか怪我だの事故だの、けっこうヘビーなテーマのものが多いのにもやきもきした。

やがて「アンパンマン」や「しまじろうのわお！」に興味が移行し、YouTube離れが始まると、少しほっとした。なにしろ、週に1回放送されるそれらを録画して週末の休みに見せてやっても、基本的に1回30分で終わる。何度注意しても気がつくと画面に目が近づき、「刻一刻と目が悪くなっていってるんじゃないか……」と不安になるスマホ動画ほど神経質にはならなくていいし。

その後は、ベタに女児だなぁという感じで「プリキュア」にハマった。これは保育園の友達の影響も大きいようで、保育士さんに聞けばクラスの仲良し3人組で、ずっとプリキュアごっこをしているらしい。僕がお迎えに行くとその3人から、「わたしたちのせかいからでていきなさい！」とか言われて、謎の必殺技をくらわされたりもする。

日曜の朝は子どもアニメのゴールデンタイムで、8時半のプリキュアに始まり、「ガールズ×戦士シリーズ」「マジカパーティ」「ワッチャプリマジ！」「ミュークルドリーミーみっくす！」と、後半にいくにしたがって僕にはなにがなんだかわからない時間が、2時間半続く。今は特にミュークルドリーミーが好きらしく、昨年サンタクロースにお願いしたクリスマスプレゼントは、それのお城セットだった。

それからもうひとつ、娘がどハマりして一時期延々と見ていたのが『魔入りました！入間くん』というアニメ。不幸な境遇にある入間くんという人間がひょんなことから魔界で暮らすことになり、そこで快進撃を遂げてゆくというストーリーで、あまりにくり返し見たがるので最終的に僕も妻もハマり、妻は原作漫画の単行本を全巻買った。

ところで、子育て期における一大イベントに「子どもの初映画館体験」がある。

我が家のそれは、娘が4歳半のときに、『映画トロピカル〜ジュ！プリキュア　雪のプリンセスと奇跡の指輪！』にて決行されたが、その日がまた大変だった。

2021年11月のある日曜日。最寄りの映画館である「T・ジョイSEIBU大泉」で、特別に作中キャラ「キュアラメール」（の着ぐるみ）との写真撮影がセットになった上映回があるらしく、それを予約。当初は、親がふたりとも見ることもないかと、僕は向かいのショッピング施設「リヴィンオズ大泉店」のドトールで仕事でもしながら待っていようと思ってたんだけど、よく考えると一生に一度の機会。せっかくだからと家族3人で見ることにした。

午前11時から上映の回だったが、当日の朝はそわそわしてしまって大あわて。「早くごはん食べて！」「早く着替えて！」と準備をし、妻の子乗せ電動アシスト自転車に、非電動自転車で並走し、1時間近くも前に現場に到着。会場に設置された記念撮影ブースで写真を撮ったり、併設のミニ原画展などを見ていたら行列ができ始め、かなり前方に陣取る。並んでいると、「せっかくだからポップコーンもあったほうがいい」という話になり、僕ひとり離脱して、こちらも大行列のキャラメルポップコーンを買いに。入場列の最後尾に戻ってひとり並んでいると、なんと上映後だと思っていた撮影会は、入場前に流れ作業的に行われるらしく、僕はせっかくの記念の瞬間に立ち会えないのであった。しかたないので、自分よりだいぶ大柄なキュアラメールを横目に通りすぎ、着席。

娘は心配していたぐずりもなく、まだ地面に着くはずもない足を前方に投げ出し、定期的にキャラメルポップコーンをぱくつきながら、まっすぐな目で約70分の映画を見終えることができた。正直、プリキュアの通常回をちゃんと見ていない僕には理解不能の内容だったが、変身シーンのサイケデリックかつ気合いの入った映像には脳がしびれたし、ちょっとシュールな歌のシーンも良く、けっこう楽しめた。これにて無事、娘の人生初映画館体験は終了。

その後の僕の理想コースはこうだった。まず、大泉学園駅前に移動し、大好きな洋食屋「キッチンカウカウハウス」へ。妻子は名物の「牛すじシチュー」か「ハンバーグ」か。僕は期間限定で出ているらしい「辛口牛すじ煮込み」を頼んでみようかな。もちろんハートランドの瓶も。それらに舌鼓を打ちながら、家族で映画の感想を語り合う優雅なひととき。お酒も入ってしまったし、自転車は駐輪場に停め、自分は夕飯の買いものでもして、のんびりと歩いて帰るか……。

ところが現実は違った。映画が終わったあとも娘は、会場にあるガチャガチャなどをやたらとやりたがる。特別にひとつだけと、好きな名前を入力してプリントできるプリキュア千社札風シールを作ってやり、今度は2階のゲーセンにつかまって、映画の半券でやれるクレーンゲームを3回。そううまくいくはずもなく、景品なし。「もういっかいやりたい」のリクエストに対しては、こういったゲームの類はそう甘いもんじゃないと諭し、生活必需品の買いものに向かいのオズへ。その買いものが終わった時点で僕と妻は疲れ果て、必死に自転車をこいで帰宅した。

とにかく腹が減っている。が、もはや面倒なことをしている余裕はない。そこで、市販のトマト&ガーリック味のパスタソースを煮立たせ、そこに昨夜娘用にたっぷり作ってあまっていた鶏肉のハンバーグを加えてざくざくと崩す。たっぷりとゆでたパスタにあえれば、『ルパン三世 カリオストロの城』に出てきたミートボールパスタの、果てしなく簡易版みたいなものが完成。いざ、むさぼるように食べる。

するとこれが、酸味と肉の荒々しさが疲れた体にバキーンとハマり、異常にうまい。たまらず冷蔵庫をあさると、ちょっと特別な夜にでも飲もうと思って冷やしておいたコエドビールの「毬(まり)

花(はな)」が1缶出てきた。どぼんとグラスに注いでごくごくごく。鼻に抜ける爽快な香りが、トマトソースと相性ばっちりだ。

　ズルズル、ばくばく、ごくごく……あぁ、栄養補給。こんなにも心身に沁みる食事はいつ以来だろう。と、申し訳なくも、さっき見たプリキュアの映画以上に感動してしまったのだった。

保育園での「仕事バレ」問題

育児がテーマの原稿を書き始めてみてもう4回目になるが、読んでくださる方の感想で多いのが「ものすごくよくわかる！」というもの。

僕が今までに書いてきた原稿は、一部の好事家以外、「なんでそこまでして酒飲みたいの？」という反応がほとんどだった。ゆえに今回のことをすごく新鮮に感じる。そうか、「育児と酒」の悩みって、あるあるだったのか！　そこで今回はあえて、ほとんどの人にとって共感を呼ばないであろう内容について書いてみることにする。

僕はフリーランスのライターで、しかも酒や酒場を専門ジャンルにしており、かといって、ものすごくお酒の銘柄やお店の情報に詳しいわけでもないという、こうして書き出してみると、なんで仕事として成り立っているのかわからず情けなくなってくるほどに独特な存在の人間だ。

また、ＷＥＢ、雑誌、ＴＶなどで素顔をさらす機会も多く、しかも「パリッコ」などという異常ペンネームで活動している。間違っても自分が有名人であるなどと錯覚はしていないけど、たとえば人気の飲食店のことを検索していて僕の記事に行き当たり、「へ〜、こういうやつがいるんだ」と認識される機会は、もちろんあるだろう。もしもそれが、娘を通わせている保育園の保育士さんや、送り迎えでよく顔を合わせるクラスメイトのお父さんお母さんだったら？

そんなおそろしい話が、実際にあるんです。

保育士のWさんはかなりの酒好きで、そういう雑誌やWEB記事を読んだりするのも好きらしく、いちばん最初に僕の顔と仕事がバレた。

ある日妻が保育園に娘のお迎えに行くと、「ぼこちゃんパパって、もしかして、パリッコさんですか……？」と聞かれたらしい。Wさんは同じく職員のJさんと仲良しで、コロナ前はよく、休みの日に一緒に飲み歩いたりもしていたらしい。なので、そのふたりにはもはや公認。以前地元の「東京おかっぱちゃんハウス」というイベントスペースで開催されたイベントに、僕が「居酒屋パリッコ」というブースを出しておでん屋さんをやったときなど、わざわざ遊びに来てくれたほどだ。

そこから繋がって園長先生にもバレていることは確認済みだが、その他どこまで周知されているかはわからないまま、何食わぬ顔で送り迎えに行っている。

クラスメイトのRくんのお父さんと、ある日のお迎えどきに一緒になり、「ぼこちゃんパパって、ライターさんをやられてるんですか？」と聞かれて心拍数が上がったこともある。どうやら、雑誌か何かで僕のことを見かけたらしい。隠してもしかたないので、「はは、そうなんですよ。Rくんパパはお酒、お好きだったりします？」と聞いてみたら「いえ、僕はダメなんです」との返事で、にこやかに挨拶だけしてそそくさと帰宅した。

地元のとある商店で揚げたてのアジフライが食べられるイベントがあり、ご近所の友人知人と待ち合わせ、娘も連れて遊びに行ったことがある。そこに偶然、娘のクラスメイトで仲良し3人組のひとり、Yちゃんとそのお母さんが来ていた。自然とみんなで雑談をしていて、そこにいた地元のお店「moumou SANDWICHES WORKS」（現「moumou THE FAMOUS DELI」）の店主、綾子さんが、Yちゃんお母さんに何気なく言った。

「パリッコさんにはすっごくお世話になってるんですよ。このあいだもお店の取材をしてもらって～」

するとYちゃんママ。

「え、パ、パリッコさん？」

ふだんは「ぼこちゃんパパ」で通っている人物が、人から突然、そんな珍妙な名前で呼ばれていたら誰だってうろたえるだろう。

僕はとっさに、「あ、え～と、僕、仕事でライターをしていて、それでこの前、こちらのお店の取材をさせてもらって、あの、こちらのサンドイッチ、ものすごく美味しくて……」と、なぜか「パリッコ」の印象を薄めようと、矢継ぎ早に情報をまくしたててしまった。Yちゃんママは「へ～、そうなんですね！」と、サンドイッチの情報に興味を移行してくれたが、パリッコという名前を忘れてくれたかどうかは、今もってわからない。

いちばん気まずかったのは、娘とは入園からずっと一緒のHちゃんのお母さんとのエピソードだ。Hちゃんのお母さんはものすごく気さくな人で、会えば普通に世間話をしたりする間柄だった。

ところがあれは数か月前の平日のこと。僕はひとり、夕方から地元の酒場で飲んでいた。少し前に取材に協力してもらったお礼を兼ねての訪問で、挨拶がてらに軽く一杯。こんな仕事をしていると、そういうことはよくある。オープンの16時に合わせて店へ行き、30分ほど滞在して、「ごちそうさまでした～」なんて言いながらへらへらと店を出ると、ちょうど目の前に、買いもの帰りらしきHちゃんママが。確かにばっちり目があった。のはずだけど、「私、何も見てませんから！」と言わんばかりの表情で、そのまま通りすぎて行ってしまった。

そりゃあそうだ。まだ日も高い時間に、クラスメイトのお父さんが赤ちょうちんからふらりと出てくる。自分の夫君に置き換えたら大変なことだ。「仕事は⁉」。だからといって、追いかけてって「実は自分、これこれこういう仕事をしていて……！」なんて弁明するのも逆効果だろう。以来、会えば以前と変わらずにこやかに接してくれるHちゃんママだが、僕が勝手にその目の奥が笑っていないような印象を持ってしまうのは、もはやしかたないことだろう。

さらなる心配もある。

数年前にライターのスズキナオさんと始めた、アウトドア用の椅子だけを持って公園などに行き、ひとときぼーっと過ごすだけのアクティビティこと「チェアリング」。これを僕は、ふだんから普通にやっている。特に我が家は「石神井公園」という大きな公園の近くなので、仕事がいち段落したときなど、「ちょっとのんびりしてくるか」なんつって、もちろんなるべく他の人の迷惑にならない場所を選びつつだけど、池のほとりに座ってうたた寝をしたりしている。

ただ、想像してみてほしい。あと2年もして娘が小学校に上がり、だんだんとクラスメイトと一緒に遊びに出かけたりするようになる。広い公園なんて恰好の遊び場だ。そこをみんなでわいわいと歩いていると、遠目に自分の父親が椅子に座っているのを発見する。しかも、釣りをしているわけでもなく、ただ、なにもせずだ。これはヤバい。

「あ！　あれって、ぼこちゃんのお父さんじゃ……」

「え？　ち、違う違う！　私、ちょっと用事思い出しちゃった！　ごめん帰るね！」

そう言って、どう処理していいかわからない感情を胸に帰路につくしかないだろう。

帰宅して父に尋ねる。「昼間公園でなにしてたの？」。父が答える。「ははは、あれはね、お父さんがお友達と考えた、〝もっとも敷居の低いアウトドアアクティビティ〟こと『チェアリング』だよ。忙しすぎる現代人にとって、心と体にとっても良いものなんだよ。２０１９年には『椅子さえあればどこでも酒場　チェアリング入門』という本も発売されて……」。はっきり言って、意味不明だ。

娘にそんな思いをさせるわけにはいかない。残念だけど、もうしばらくしたら石神井公園でのソロチェアリングは、数年間、自粛せざるをえないだろう。

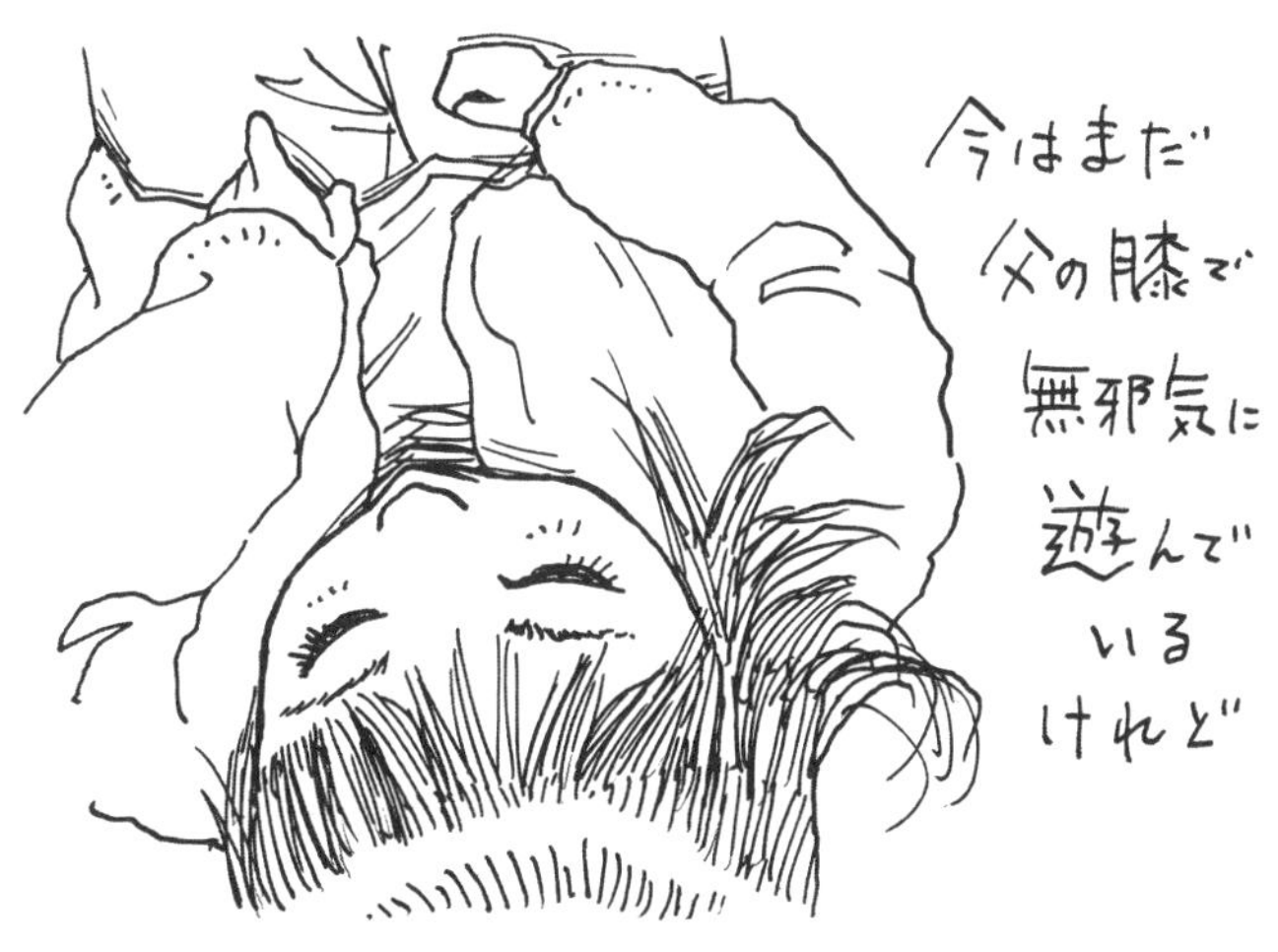
今はまだ
父の膝で
無邪気に
遊んでいる
けれど

子育ては常に切ない

我が子が生まれていちばん驚いたことは、単純だけど、その我が子があまりにもかわいいということだ。

僕は自分に子どもが生まれるまで、他人の子どもとの接しかたがまったくわからず、友達家族とのピクニックやホームパーティーなどで同席しても「こんにちは。お元気ですか?」なんて敬語で話しかけ、それでもう会話が途切れてしまうようなタイプだった。とはいえ人並みくらいには、小さな人間を愛らしいと思う気持ちを持ってはいたが。ところが子どもが生まれるとその気持ちは突然大きくなり、街で小さな子を見かけるともうたまらず、やたらめったらと話しかけたくなるのをがまんして、抱っこしているお母さんから見えない角度からそっと微笑みかけて小さく手をふる、なんてことをやってしまう。本当はそれもまずいのか?

ただ、我が子のかわいさというのは、とてもじゃないけどその他の子どもたちとは次元が違う。保育園へ送り迎えに行くと、娘と同年代の子どもたちがわらわらと元気に遊びまくっており、思わず目尻が2㎝くらい下がる。が、そのなかに、かわいさあまってもはや発光しているほどの娘を見つけると、「こんなにも尊き者がこの世に存在していいのだろうか……?」と、毎度感動するほどだ。親バカと言われればそれまでだけど、これはむしろ、生物に備わっている、我が子を認識するための基本機能なんだろうな。

で、そんなかわいい娘との生活は、ともに暮らせる「喜び」と、同じくらいの「大変さ」からなっている。かつてはそんなふうに想像していた。ところが、時を重ねるほどに実感することがある。それは、子育てとは「喜び」と「大変さ」、そしてもうひとつ、「切なさ」の3本柱からなっているということだ。

そう、子育ては常に切ない。

わかりやすいエピソードで言うと、「Tくんとの別れ」。

0歳児クラスから保育園で一緒だった男子に、Tくんがいた。Tくんは幼児ながらにサラサラヘアーのイケメンで、人懐っこく、娘に意地悪をしてくるようなこともなく、僕も娘の友達としてとても好ましいと思っていた。実際、娘もTくんが大好きだったようで、当時家でハマっていた「電話ごっこ」(てきとうな大きさの板をスマホに見立て、誰かと電話をしているふりをするだけ)でもよく、「もしもしTくんですか~? けーきやさんにけーきをたのんだから、あしたいっしょにたべようね~」などと、架空の会話を楽しんでいた。妻もよくニコニコしながら「これって初恋なのでは……」なんて言っていた。

ところがそんなTくんが、2歳のとき、ご両親の都合で引っ越してしまうことになった。妻と娘で「もうすぐお別れだね〜。寂しいね」「そうだね〜」なんて会話をしているのを横で聞いていると、娘はむしろあっけらかんとしているのに、こっちの胸が苦しすぎて泣いてしまいそうになる。当の娘はすぐにいつもと変わらない様子で元気に過ごしていたが、僕がTくんが引っ越してしまった悲しみを消化するのには、それなりに時間がかかった。

3歳児クラスのとき、娘は担当のひとりであるR先生にとても懐いていて、たまに手紙（まだ文字は書けないけれど、それらしきもの）を書いて持っていき、渡したりしていた。R先生はぱっと見、茶髪で今風の若い女性なんだけど、娘が「はやくたんじょうびぷれぜんとがほしいんだ〜」と言うと「え〜、けどさ〜、待ってる時間がまた素敵なんじゃ〜ん」なんて返しているのを見たことがあり、なんて素敵な考えかたなんだと大きく感銘を受けたりした。そうやって、等身大できちんと子どもたちと向き合ってくれることもありがたかった。

そんなR先生だったが、娘が4歳児クラスに上がると同時に保育園自体を辞めてしまうことになった。園では、お迎えどきの挨拶は通常、「さようなら、また明日（もしくはまた来週）！」と言って子どもとタッチをするのが通例になっている。ところがR先生の最終登園日、僕が娘のお迎えに行くと、先生はすでに目を真っ赤にして、園児たち一人ひとりと挨拶をしていた。僕も「今までありがとうございました」と伝え、続いて娘との最後の挨拶。R先生は娘をぎゅっと抱きしめこう言った。

「さようなら、またいつか……」

こんなの、涙腺崩壊に決まってる。僕はマスクを目の下ギリギリまで持ち上げ、なんとか泣いていない体を装いつつ、いつもより長いその挨拶の様子をじっと見ていた。

というか実は、子育ての切なさを感じるのは、そんなにわかりやすい場面に限ったことじゃない。僕はとっくに飽きてしまったが、自分でもよくわかっていないなんらかの素材を集めるため、なかば娘にやらされている感のあるゲーム『あつまれ どうぶつの森』で、「はい、パパはもう疲れちゃったから今日はここまで！」とセーブボタンを押したときのこと。画面内にまだとるべきアイテムが残っていたようで、娘が、「まま！ いま『はにわのかけら』があったのに、ぱぱがとらないでせーぶしちゃった！」と言いだした。

いつもならこういう場合、「も～ぱぱはしょうがないこだね～。てんこぶ（たんこぶのこと）するよ！」とか言われ、ごく弱いげんこつを一発食らっておしまいなのだけど、このときはなんらかのスイッチが入ったのか、妻の胸に飛びこんでしがみつき、「ひんっ……ひんっ……」と、あまり聞いたことのない声で泣き始めてしまった。僕も妻もなんだかおかしくて、笑いながら「ごめんごめん」「どうしたの～？」なんて声をかけるんだけど、同時に胸が張り裂けそうに切なく、申し訳なくもあるのだった。

欲しがったガチャガチャをやらせてやったらダブりが出てしまったときの切なさ。映画の半券でやったクレーンゲームで、何もとれなかったときの切なさ。なんなら、ＴＶの子ども番組をただまっすぐに見つめている娘の目を見るだけでも切ない。以前家族で「スシロー」に行ったとき、ちょっと早めに着いてしまって時間を潰した駐車場があり、その前を後日ひとりで通りすぎたときも、かなりくるものがあったな。

信じられないかもしれないけれど、こうなってくるともうなんでもよくて、ぜんぜん知らない女子中学生がコンビニの前でもくもくと「ファミチキ」を食べている、そんなシーンを目にするだけで、「大きくなって……」と、ジーンとしたりする。

と、長々書いてきて何が言いたかったのかというと、子育ての「喜び」や「大変さ」は、事前に想定していたこともあり、シラフで受け止めたり楽しんだりすることができる。が、ふいにやってくる「切なさ」には、「酒」の力を借りて対抗するしかないのだ。

夕食も風呂も済み、妻が娘と寝室へ行って寝かしつけをしてくれ、静かになった居間の明かりを間接照明に切り替える。メインの晩酌は夕飯とともに終わっているから、あと1、2杯、夜を名残惜しんで寝るかと、ウイスキーの瓶を出してくる。と言ってもシングルモルトは贅沢品で、娘が生まれてからは国産のブレンデッド中心。たとえば、かつてはお父さんの書斎の棚にあるようなイメージだった「だるま」こと「サントリーオールド」。比較的手頃なわりに、ストレートで飲んでもしみじみうまいことに最近気がついた。

薄暗い部屋で、ついさっきまで娘が大はしゃぎしていたあたりをぼんやり眺めながら、だるまのストレートをちびちび。子育ての、あふれんばかりの切なさと、自分もずいぶんおっさんになったなぁという感慨を嚙みしめる、なんだかいい時間だ。

朝、
寝グセMAXで
チョコスティック
パンを食べる
横顔が
切ない

「たぬきや」最後の思い出

かつて、一部の酒飲みのあいだではもはや伝説となっている、「たぬきや」という店があった。神奈川県川崎市、ＪＲ東日本南武線稲田堤駅、および京王電鉄相模原線京王稲田堤駅から徒歩10分ほど。広大な多摩川の河川敷に、突然ぽつんと存在した、一軒のあばら屋のような建物。海の家の河原版で「川茶屋」とでも表現したらいいだろうか。軽食、甘味、お菓子、ドリンクなどのほかに、つまみや酒のメニューも思いのほか豊富で、しかもうまい。

初めて訪れたのは友達に噂を聞いた２０１２年で、その日はあまりの心地良さに、同行の妻や友達と、昼間から日が暮れるまで、ぼ〜っと飲み続けてしまった。屋外と屋内が一体化したようなその店で、河原から吹いてくる風を感じつつ酒を飲んでいると、もはや会話も必要なくなってくる。広大な川面は刻々と表情を変え、眺めていて飽きることがない。ほろ酔いのぽわぽわとした気分とあいまって、やがて目の前の多摩川が三途の川のように見えてくる。今見ているのは夢？　それともうつつ？　まぁどっちでもいいや。とにかく最高の気分だ……。そんなことがあって、僕らはたぬきやを「天国にいちばん近い酒場」なんて呼び、しばしば通うようになった。

時は流れて２０１８年。突然、80年以上の歴史を持ったぬきやが、その年の10月28日で閉店してしまうという噂を聞いた。信じたくはなかったが、すぐに女将さんの手書きによる閉店のしらせの写真が出回り始め、その事実を受け入れざるをえない状況となった。閉店の理由を要約すると「近年の気候変動にともなう水位の上昇や大型の台風などに対応しきれないため」とのことらしく、実際、翌年の夏の台風の際、一帯の川がかつてないほどに増水し、たぬきやのあった場所がすさまじい濁流に飲み込まれているニュース映像を見た。もしあのまま営業を続けていたら、たぬきやが川の氾濫によって跡形もなく流されるという、より悲しい事態になっていたかもしれない。長年あの場所で商売を続けてこられた女将さんは、誰よりも敏感に、そんな自然の変化を感じていたとのだろう。

ファンの多い店だったから、閉店が近づくにつれ、店は全国各地から訪れる客たちで大混雑した。開店時間前に、店の前に大行列ができている写真などもSNSで目にした。基本女将さんがひとりで切り盛りされている店だから、きっとものすごく負担も大きいはずだ。僕みたいなにわかファンがそれを助長してしまってもなんだか悪いので、思い出だけを胸にしまい、実際にもう一度行くことは遠慮しておこうかな。しばらくそう思っていた。けれど、日に日に「おまえは、それで後悔しないのか……」という想いがつのる。

「どうしてももう一度だけ、店に入れなければ営業している様子だけでも、この目で見ておきたい！」

そう思い直して妻に相談すると、妻にとっても思い出の店であるから、大賛成してくれた。そこで、閉店日の約2週間前、なるべく営業の邪魔にならないよう、平日のオープン時間に狙いを定め、たぬきやに行ってみることにした。

ただし、ひとつ問題がある。まだまだ小さな娘を連れて行くとなると、バスやら電車やらを何度も乗り継いで行くよりも、家の隣駅にある実家で車を借りて、それで行ったほうがスムーズだ。となると僕が運転することになるから、自ずと酒は飲めなくなる。「う〜ん、ラストたぬきやでノンアルコールか〜……」と、一瞬迷いはしたけれど、よく考えたら僕は、営業中のたぬきやを見られるだけでもいいと思っていたはずじゃないか。ぜいたくを言ってる場合じゃない。

加えて、この小さな娘を一緒に連れていってやれば、もしかしたらそれこそ、娘が「実際にたぬきやの空気を吸ったことのある、この世でいちばん若い人間」になれる可能性だってあるんじゃないか？　「すでに閉店してしまった名酒場に行ったことがある」というのは、酒飲みにとって大いなるアドバンテージだ。はたして将来、娘がそれをアドバンテージと感じるかどうかは別として（というか、そんなせこい考えかたの人間に育ってほしくないような気もするけど）、体験させてやっておいて損はないはず。

というわけで、まだ会社員だった僕は、わざわざ有給休暇をとり、営業開始の1時間前には着くように家を出て、家族でたぬきやへと向かった。

ほぼ予定通りに現地に到着。裏手の公園の駐車場に車を停め、娘を抱っこひもで体にくくりつけ、ドキドキしながらたぬきやへ向かう。すると、行列はまだ5人ほど。やった！　これなら入れる！と、列に並ぶ。そこから約1時間。行列はどんどん伸びて、最終的には50～60人になっていた。

営業開始の5分前、女将さんがスクーターに乗って颯爽と現れる。そのさまはまるでヒーローで、人々から歓声が上がる。娘は、なにがなんだかわかっていない様子でぽかんとしている。

やがて開店時間となると、行列が行儀良くゆっくりと進みながら、女将さんに思い思いの注文をしてゆく。とにかく女将さんの手をわずらわせてはいけないから、注文は一度で済ませたい。しかも、焼鳥なんかの手のかかるものは避けたい。そこで、煮込み、おでん、人数分のソフトドリンク、それからとっさにお菓子コーナーにあった「とんがりコーン」も手にとり、それらを注文。

あぁ、たぬきやは今日もいつものたぬきやのままだ。だけど、本当にこれで最後なんだな……。妻と一緒に、しみじみとその空気感を味わう。娘は娘で、いつもと違う環境に上機嫌。にこにこしながらテーブルの周りをよちよち歩いたりしている。娘よ、これがたぬきやだ。きっと記憶には残らないだろうけど、この場所に来たことがあるという事実だけは一生残る。それは、自慢に思っていいことのはずだよ。

これが、僕が最後にたぬきやを訪れた日の記録。……と言いたいところなんだけど、実は後日、お酒の神様からのちょっとしたプレゼントがあった。

長年たぬきやの女将さんと懇意にされており、イベントなども多く開催されてきた、とある雑誌編集部がある。僕もよくお仕事をさせてもらっていて、なんとその編集部主催で、たぬきやの閉店から数日後、まだ残っている建物で特別に「たぬきやを偲ぶ会」という飲み会が開催されるという。もちろん女将さんもやって来るそうで、なんとそこに、僕もお声がけいただいてしまった。

　正真正銘、最後のお別れ。その会は早い時間から開催されるということもあり、関係者限定だから行列などの混雑もないので、娘よ、我慢してくれ！　と、今度は電車とバスを使って、家族でおじゃまさせてもらった。

　もう二度と訪れられないと思っていたたぬきやで、もう二度と飲めないと思っていた酒を飲んでいる。わいわいがやがやとしたその場には、家族や友達の顔もある。天国にいちばん近いどころじゃない、こりゃ、正真正銘の天国だな……なんて思いながら、ちびちびと缶チューハイを飲んでいた。

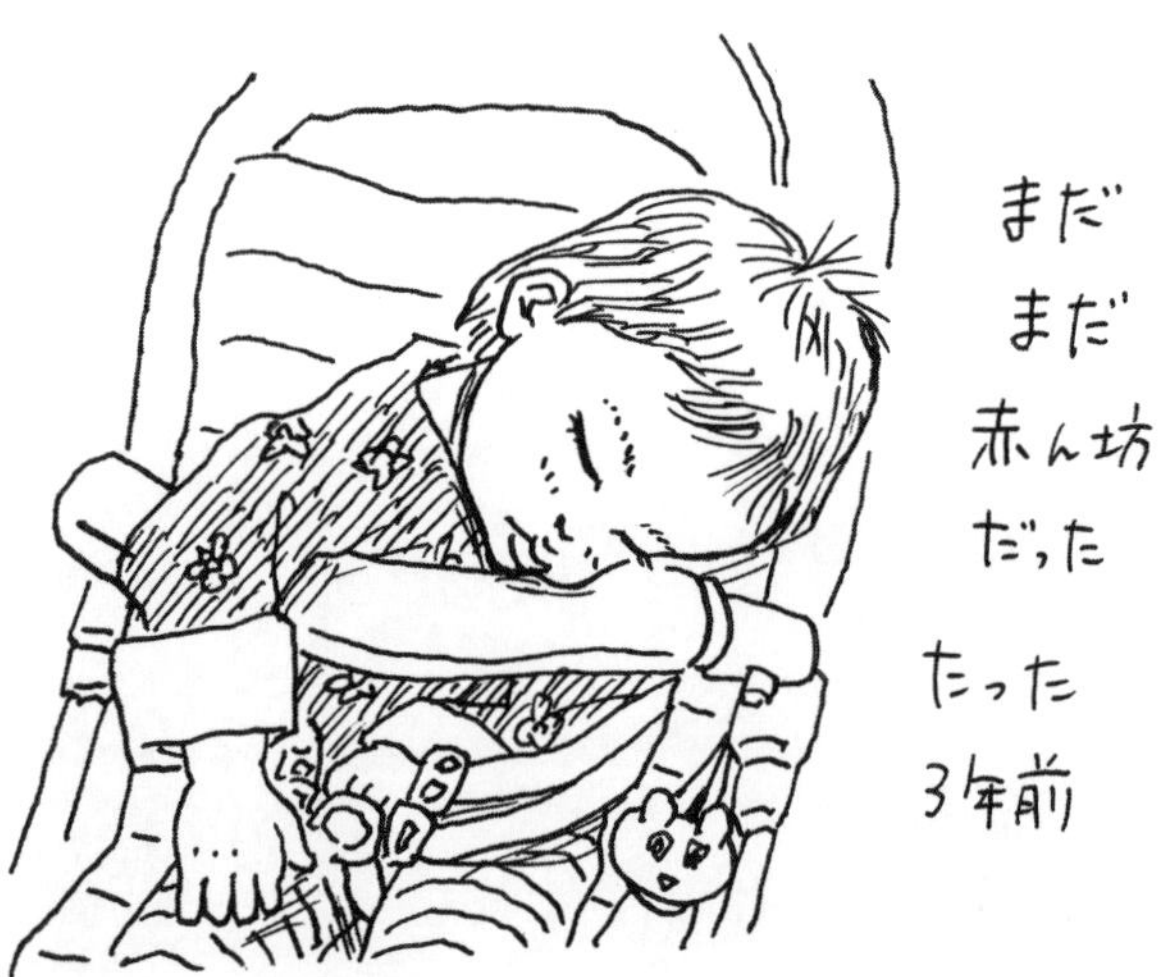

子連れ外食

僕も妻も外食が好きなので、日本がコロナ禍に突入する以前、つまり約2年とちょっと前までは、ほぼ毎週末ごとに家族で外食に行っていた。

とはいえ、店の選択肢は限られる。まず、僕がこんなにも酒好きでありながら、当時まだ2歳だった娘を連れ、平気で居酒屋に行くというのには抵抗があった。もちろん家庭ごとの方針があり、子どもを居酒屋に連れて行くことを否定するつもりもないし、実際、一度も連れて行ったことがないわけじゃない。

あれはコロナ禍直前、「そろそろ試しに一度くらいは」と、地元の大好きな琉球居酒屋「みさき」に、まだ店が空いているであろう開店時間の午後5時に合わせ、家族で行ったことがある。ママの恵理子さんとは日中の街なかでばったり会うことも多く、僕がベビーカーを押して買いものをしているところなんかを目撃されては、「あら、イクメンちゃん発見！」などと声をかけられたりしていた。なので、家族連れでの訪問にはとても喜んでくれ、娘も娘で初めての酒場にはしゃぎつつ、「さかなの天ぷら」なんかを喜んで食べていた。

が、それはやっぱり特別な状況で、基本となるのは「昼外食」。そこでありがたすぎたのが、ファミリーレストランの存在だった。それ以前にも、「ファミレスで酒を飲んでみる」なんてコラムを書いたりしたことはあり、そもそも好きだった。けれども、その底知れぬ偉大さを実感したのは、やはり子どもが生まれてからだ。

ファミレスはその名のとおり、客が家族で来ることを想定しているから、設備が整いきっている。子ども用の椅子に、かわいらしい食器類。当時娘は、今よりもだんぜん食べられるものが限られていたが、それでも玉子焼き、からあげ、ポテト、パンなどがセットになったお子様ランチのようなものはなんとか食べてくれた。しかも、そういうものにはたいてい、おもちゃのおまけがついてくる。プラスチックでできたままごとセットや、飛行機や車やら、たわいないものではあるけれど、それを真剣に選ぶ娘の目は、信じがたいほどに輝いていた。

また、何よりも大きいのが「子どもが多少はしゃいでも誰も気にしない」という点。ファミレスにいる人々は、誰もが「ここはそういう店」という共通認識を持っている。赤ら顔で生ビールを飲みながら「ちっ、ガキどもがギャーギャーうるせえな……」なんていうオヤジがもしいようものなら、そっちのほうが場違いなのだ。この環境は子連れの身にとっては本当にありがたく、「ガスト」「ジョナサン」「デニーズ」には特にお世話になった。しかも幸いなことに、僕は仕事から「ファミレスでいかに酒を飲むか」の訓練も事前に積んでいたので、娘がお子様ランチ、妻がハンバーグランチなんかを食べている横で、「ピリ辛キムチ冷奴」と「コーンのオーブン焼き」あたりをつまみに生ビールを一杯やったりするのだけど、いやぁ、あの時間の幸せなことといったらなかったなぁ。

それともうひとつ、地元でものすごくお世話になったのが「ラーメンハウスたなか」という個人経営の中華料理店。いわゆる町中華と呼ばれるタイプの店でありながら、かなり広々としていて座敷席も充実。ご主人に「娘用にチャーハンを、味薄めで作ってもらえますか?」などと申し訳ないお願いをしてしまっても快く対応してもらえたし、店に着くなり娘が眠がってしまい、しかたないので座布団の上に寝かせておいて親だけがメシを食う、なんてことも大らかに許してくれた。

「たなか」に関しては、酒とつまみの充実度も忘れてはいけない。オーソドックスな中華メニューが揃っているのはもちろん、150円の「辛味もやし」をはじめとして、「たこの唐揚げ」「レバーの唐揚げ」「男爵コロッケ」「キャベツメンチ」なんていう、ちょうどいい一品メニューが豊富すぎるのだ。それらをちびちびとつまみながら、まずは生ビール。妻も一緒にいて、しかも歩いて帰れる地元の店なのをいいことに、たいてい2杯目もいく。ここで嬉しいのが「缶ハイボール」の存在で、氷入りのジョッキつきで出してもらえて、350mℓの缶が1本350円。しかも、デフォルトが「角ハイボール」の「濃いめ」!

と、思い出すだけでほろ酔い気分になるラーメンハウスたなかだが、残念ながら2021年末に突然閉店してしまった。そのしらせを聞く直前、地元の酉の市に家族で熊手を買いに行った帰り道のこと。コロナの感染者数が激減していたタイミングだったこともあり、本当に久しぶりに「家族でたなかに寄って帰ろうか？」という流れになった。ところが娘は疲れてしまったのか「もうかえりたい」と言う。そのときは、無理やり連れていってもしかたないし、またいつでも来られるし、なんて素直に帰ったんだけど、思えば家族でたなかに行けたタイミングは、あれがラストだったんだな。と、思い返すとちょっぴり切ない。

それからしばらくして、やたらと流れるTVCMにまんまとのせられ、家族で「スシロー」へ行こうということになった。娘にとっては、約2年ぶりの外食だ。

コロナ以前も、車で妻の実家に帰省する際など、寄りやすいので家族で回転寿司に行くことはあった。が、基本的に娘が食べられるものはないので、店員さんに断り、持ち込んだ麦茶と小さなおにぎりなどを食べさせてやって、そのすきに親が大急ぎで寿司をつまむというような利用のしかただった。ところが、そのころから娘は2年ぶん成長している。まだ寿司は無理だけど、回転寿司屋で食べられるメニューの選択肢も出てきた。といって、フライドポテト、からあげ（しょっぱいと言うので僕がつまみにした）、かぼちゃの天ぷら（これは気に入っておかわりした）、チョコケーキなど、寿司とは関係のないものばかりなんだけど、それらを楽しそうに食べている姿を見て、もっと気軽に外食に連れていってやれたらなぁと、あらためて思った。

ちなみにその日、娘が「あそこに『き・め・つ』ってかいてある！」と言うので、最近ひらがなを読めるようになってきたのは知っていたけど、「もう漢字まで⁉」と驚き見てみると、指差す先にあったのが、人気漫画「鬼滅の刃」とほんのりデザインが似ている「スシロー」のロゴで笑った。

© 2022 娘

ぼこちゃん、言い間違い語録

この連載の第1回、ライターの先輩たちに「いつか育児エッセイを書くかもしれないんだから、おもしろいエピソードはメモしておいたほうがいい」とアドバイスを受けても、僕はそれをしてこなかったと書いた。

ところが実は、ひとつだけ例外がある。それは、娘の「言い間違い」語録。子どもの言い間違いというのは、僕らが思いつく言葉遊びなどとははるか別の角度からやってくる、天才的な発想だ。それが自分にないものすぎておもしろく、また、かわいらしくもあって、忘れないようにしようと極力メモに残しておいたのだ。

最近、娘も5歳になり、あまりに突拍子もない言い間違いはずいぶんと減ってきている。成長なんてゆっくりでいいから、もっと新しい言い間違いをしてほしい！　と、なんだか寂しい昨今だ。というわけで今回は、娘のこれまでの言い間違い語録を一挙に発表したい。はたしてそれが、親以外が聞いておもしろいものなのかどうかは判断しかねるけれども、僕としては、何度見返してもおもしろいので。

娘が2~3歳くらいで、まだまだおしゃべり発展途上のころの、たわいない言い間違いはいくらでもある。

生まれたときからぬいぐるみやたくさんのグッズに囲まれていた、うさぎの「ミッフィー」だが、長いこと発音ができず、「みっみー」と言っていた。「鳩ぽっぽ」は「あーぽっぽ」。「リカちゃん」は「るかちゃん」。「パンダコパンダ」が「ぱんだこぱんだこ」。「ポシェット」が「ぽちぇっと」。「ソファー」が「そばー」。「遊園地」が「ようちえん」。「自動販売機」が「じーはんばいき」。「わたあめ」が「わたーめん」。「たべっ子どうぶつ」が「ちびっこどうぶつ」。「目玉焼き」が「めだまごやき」。「春巻き」が「はるまきこ」。「キーマカレー」が「ぴーまかれー」。「ポップコーン」が「こっぷこーん」。「牛乳」が「ぐーにゅー」。「シェイク」が「しーく」。「シュークリーム」が「しょーとくりーむ」(「ショートケーキ」と混ざった?)。「ケンタッキー」が「せんたっきー」(ベタだな)。などなど。

僕ら夫婦が「最近、蚊が出てきたよね」とか「うわ、家に蚊がいる!」とか言ってたら、一文字の単語というものを認識するのが難しかったのだろう、娘は「かが」と覚えてしまい、「かがにさされた」なんて言ってくるのは、いまだに直っていない。また、妻も昔から好きな「ケアベア」というキャラクターのことをなぜか「ぱぴばら」と覚えてしまい、これも同じく。

娘が妻と一緒にだいぶハマってやり続けているゲーム「どうぶつの森」のことは、しばらくのあいだ「もりのどうぶつ」と言い間違えていて、僕は心の中でひっそり、「それ、普通の動物じゃん」と思っていた。

続いては、なんでそうなるのかがよくわからない部門。「矢印」が「ねじるし」。「ミンミンゼミ」が「みんみんずき」。「コンサート」が「こんすた」。くらいまではまだぬるいほうで、薬局の「ウエルシア」を何度教えても「ねねるしあた」と言ったり、公園で会った友達家族がくれて気に入ったお菓子の「しるこサンド」を「おすいこしる」と言ったり、麦茶のことを「めんとろじる」と言ったりするのは、僕の理解の範疇を越えていてめちゃくちゃ興味深い。

言い間違えているのに偶然意味が通ってしまっているパターンというのもいくつかあって、それは歌ものに多い。たとえば定番の「アンパンマンのマーチ」（作詞：やなせたかし／作曲：三木たかし）で2か所、「愛と　勇気だけが　ともだちさ」と「いけ！　みんなの夢　まもるため」をそれぞれ、「ふぁいと　ゆうきだけが　ともだちさ」「にんげん　みんなのゆめ　まもるため」と歌うんだけど、それなりに意味が通っていて聴くたびに笑う。

もっと奇跡的だったのが、シルバニアファミリーのオリジナルＤＶＤに収録されていた歌「EVERY HAPPINESS」（作詞／作曲：関有美子）。そのなかに「EVERY HAPPINESS　野菜畑も祝福してる」という歌詞があって、それを娘が「やさいばたけも、しょくぶつしてる♪」と歌っているのを聴いたときは、偶然だけどある意味合ってる！　と、謎に感心したものだ。

娘の言い間違いのなかでも、個人的に殿堂入りだと感じるものがいくつかある。

たとえば『トムとジェリー』の『とまとぜりー』。これは、いわゆる大人が発音するところの「トマトゼリー」ではなく、あくまでトムとジェリーの発音で言うところが味わい深い。

「たんこぶ」のことはなぜか「てんこぶ」と呼んでおり、僕がなにか娘の意に沿わないこと、たとえば土曜の午後に「こうえんにいきたい」と言われ、「え〜、今日はパパちょっと疲れちゃったから、明日にしようよ」なんて言った場合、「ぱ〜ぱ、そんなことといってると、てんこぶ、じゅうひゃっかいするよ！」などと言われる。「じゅうひゃっかい」が具体的に何回を指すのかはわからないけど、もし10×100＝1000回だとしたら、かなり過酷な罰だと言えよう。

一時期、娘がしきりに「ひゃくえんじょうせんせいがね〜」と謎の人物名を出し、何やらあれこれエピソードを話してくることがあった。漢字表記にすると「百園城先生」とかになるのだろうか。保育園にそんな先生はいないし、なんだか薄気味悪いな……もしかして、子どもにしか見えない、霊的なそういうなにか？　とか思ってこわがっていたら、TVで『忍たま乱太郎』のアニメが流れた際、娘が「ひゃくえんじょうせんせい！」と言い、それが「学園長先生」のことだと判明したのだった。

間違いなく娘の最高傑作であり、僕が一生かけてもその境地にたどり着けないと敗北感を味わった伝説の言い間違いがある。それは、ハンバーガーにはまだ興味がなく、ハッピーセットのおもちゃとフライドポテトの専門店だと認識していたころの娘が言い放った「マクドナルド」の言い間違い、「ぽてとなるど」だ。なんという語感の良さとポップさ。さすがに最近は正しく言えるようになったけれど、3歳くらいのころの娘は、頻繁に「ぽてとなるどいきたい！」と言い、そのたび「わかったわかった、今日はそうしようか」などと平静を装いつつも、そのセンスにクラクラしたものだ。

そういえば、この連載のテーマは「酒と子育て」。

主に土日が多いんだけど、娘が「ぽてとなるど」に行きたがるたび僕は、あんまりファストフードばかり食べさせたくないなという気持ちの反面、内心「やった！」と喜んでもいた。

というのも、娘がマックに行きたがるのは、圧倒的にハッピーセットのおもちゃが欲しい場合が多い。期間中、なんとなく男の子向け、女の子向けと分かれ、それぞれ3〜4種類のおもちゃがランダムにもらえるシステムになっている。勝手のわからなかったころはくじ引き感覚で臨んでいたが、マックのハッピーセットって、すごく凝ったおもちゃがついていながら、びっくりするほど安い。なのでたとえば、僕と妻もハンバーガーやチーズバーガーのハッピーセットを頼み、娘が食べられるプチパンケーキのそれを頼めば、一度に3つ注文ができる。そして、店舗や混雑状況によっても違うだろうけど、そういう場合、気を使っておもちゃをダブらせないでくれる店員さんは多い。つまり、そうするのが最も、娘の欲しがるおもちゃをゲットできる近道なわけだ。書いていて、なんとも親バカだなぁと思うけど。

さて、今日の昼も家族全員でハッピーセットということになった。僕は頼んだチーズバーガーに、冷蔵庫の輪切りハラペーニョやマヨネーズをプラスして〝酒のつまみブースト〟をする。ドリンクのコーラにはもちろん、ストローで少し飲んで空けたスペースに焼酎を注ぐ。つまり、もらったおもちゃに夢中の我が子は気づいているはずもないが、僕は昼から、ハンバーガー、ポテト、コークハイでごきげんな昼飲みを楽しめるというわけだ。

僕はマックが好きだけど、個人的に行く場合はセットではなく単品を注文することが多い。また、ふだんコーラを買って飲む習慣もない。なのでこのハンバーガー&ポテト&コークハイは、娘がハッピーセットを欲しがるほんの数年間ならではの組み合わせなのかもしれない。いやまぁ、やろうと思えばいつでもできるんだけど。

娘、初めて父のトークライブを見る

最近ようやくまた、会場に実際に観客を入れてのトークイベントにゲスト出演するような機会が増えてきた。

先日は、マスダユキさんと内田るんさんが主催のZINE『漫想新聞』第9号完成記念のイベントに呼んでいただいた。ミニライブとトークが交互に行われる内容で、「狩生健志と二重鍵」のライブ、野中モモさんが登場しての「元ジッパー世代はこれから何を着ればいいのか」がテーマのトーク、「.:NEU譲(FROM.やまのいゆずる)」のライブ、僕が出る「子育てと酒」がテーマのトーク、という流れ。内容からしても、この連載を始めたからこそ呼んでもらえたイベントだろう。

その会場が偶然、僕の家からそう遠くない、大泉学園のジャズライブハウス「in "F"」だった。イベントが行われるのは日曜日の午後3時から6時まで。それを聞いた妻が「近所だし、ぽこちゃんと一緒に見に行こうかな」と言うので、ちょっとこそばゆいけれども大歓迎である由を伝えた。

娘の3、4歳という多感な時期が思いっきりコロナ禍にぶち当たり、旅行やイベントなどにまったく連れていってやれなかったのは、ものすごく心の痛いことだった。少しずつ、取り戻すようにでいいから、これからいろいろな経験をさせてやりたいものだ。

当日、僕は出演者なので少し早めに会場入りし、久しぶりに（ほとんどが2年以上ぶりに）会う友人知人に挨拶をする。もちろん生ビールを頼み、乾杯なんかもしてしまう。あぁ、この、以前はなんてことなかった日常の、なんと幸せなことか。

そうこうしていると、狩生健志と二重鍵のライブが始まり、そのタイミングで妻子も会場にやって来た。

普段は弾き語りが主だというシンガーソングライターの狩生健志さんと、ピアノのマスダユキさん、フルートの松村拓海さんのコラボレーション。小川の水面にキラキラと光の当たる光景を連想させるようなメロディと、穏やかな歌声。そこに、やや控えめにピアノやフルートの音色が絡み、なんとも心地いい。かと思うと、突然狩生さんが足元のエフェクターを勢いよく踏みつけ、会場が轟音に包まれたりもする。

しばらくはその世界に没入していたが、轟音のタイミングでふと、びっくりしていないだろうかと気になって、娘のほうを見てみる。すると娘は、まだ場の雰囲気に慣れないのか、両手をがっちりと組み、ちょうどいい位置にあったカウンターテーブルに半分隠れるように、しかしながらものすごく真剣な目で、歌う狩生さんを見ているのだった。なにかしら、感じてくれるものがあっただろうか。

後半はだいぶ慣れてきたのか、曲が終わると大人のまねをして拍手をしたりもしている。僕はその様子を眺めながら、酒が入って少しふわりとしだした頭で、子どもと一緒に見るライブって、なんとも独特の幸福感があるもんだな、と思っていた。

そのライブが終わり、会場が狭いこともあって、妻が一度娘を外に連れ出してくれることになった。その間も僕はイベントを楽しませてもらう。野中モモさんのファッションに対する考え方は学ぶべきことが多かったし、久しぶりに見たやまのいゆずるさんの繊細で美しいライブも素晴らしかった。

そしていよいよ自分の出番。生ビールを補充し、ふらふらとステージへ向かう。聞き手はマスダさんとるんさんで、僕と同じく小さなお子さんの父親であり、家族ぐるみでお付き合いもさせてもらっている友達、片岡ハルカさんと僕がゲストだ。

トークライブにもいろいろあるけれど、僕に限っては、ふだんと変わらず酒を飲みながら、あとでなにを話したかも思い出せないようなことをグダグダとしゃべるだけ。毎度出番前は、「そんなにしゃべることあるかな……」などと心配になるが、フタを開ければあっという間に終わってしまう。

この日もそんな感じで楽しくおしゃべりをしていて、ふと見ると、いちばんうしろの席に妻と娘が並んで座っているのが見えた。ファミレスでバニラアイスののったパンケーキを食べさせてもらったという娘は上機嫌で、僕と目が合うと、いつものように「ぱーぱー!」と全力でこちらに存在をアピールするのではなく、なんというか、にっこりと菩薩のように微笑んで、顔の横で小さくひらひらと手をふってくれた。まだこの場に対する緊張が残っているのだろうか。

無事イベントが終了して帰り道、妻が娘に言う。「パパ、みんなの前でお話ししてたね。すごかったね〜」。そうだそうだ。決して有益な情報などは提供しなかったけど、それなりに笑いくらいはとっていたはず。娘もさぞや僕のことを尊敬しなおしたことだろう。ところが、娘の感想はこうだった。

「ぱーぱー、なんでおうたうたわなかったの?」

……しまった。狩生健志さんのライブの印象が強すぎたのか、娘はお歌こそがライブだと思ってしまったのかもしれない。

「ぼこちゃん、お歌を歌わない、おしゃべりだけのライブもあるんだよ。それもけっこう、やってみると難しいんだよ」

などと必死で説明をするが、娘は「え〜?」とか言いながらヘラヘラ笑うだけだった。

その夜、妻が娘を寝かしつけてくれ、静かになった居間で、僕はちびちびとウイスキーを飲んでいた。そして、楽しかった一日のことをなんとなく頭の中でふり返っていたら、突然にバチーン!と、ものすごく合点がいく気づきをしてしまった。

僕のトークライブ中の娘の表情としぐさ、あれ、完全に、僕が娘のお遊戯会を見ているときの表情だ! 保育園児はまだまだ自由だから、お遊戯会のステージ上といえど、客席に両親の顔を見つけたら満面の笑みで「ままー！　ぱぱー！」などと手をふってしまったりする。それに全力でこたえるわけにはいかないから、僕らは小さく顔の横で手をふるんだけど、今日はその立場が逆転していたというわけだ。

同時に「なんでおうたうたわなかったの？」の真意も判明する。入園当初、0歳児クラスのころのお遊戯会においては、まだ彼らはなにもできず、なにやら音楽が流れるなか、ただステージにぼーっと座ったり佇んでいたりするだけだった。ところが4、5歳ともなると、それなりのセリフや歌、踊りなどを覚え、きちんと披露できるようになる。つまりだ。僕のステージは娘にとって、「まだまだそれ以下」の「もっとがんばりましょう」な内容だったのではないかと推測される。

次になにかイベントに出ることがあったら、お歌のコーナーも作ってもらうかな……。

第2章 特別な夜

子どもと酔っぱらいは似ている

子どもと酔っぱらいは似ている。これは、自分に娘ができるはるか昔からずっと思っていたことだ。

たとえば街なかで保育園の前を通りかかると、園庭でたくさんの園児たちが、奇声をあげながら異常なテンションで遊びまくっている。「一体なにがあんなに楽しいんだか。その元気、ほんの少しでいいから分けてもらいたいもんだ」なんて思ってしまうけど、思い出してみてほしい。夜も深まった大箱の大衆酒場や、夏場のビアガーデンで飲んでいる大人たちの様子を。テンションも、行動も、会話のレベルも、保育園児たちと大差ないだろう。

自分のことをふり返ってみても思う。特に、記憶に残っていることの多い、小、中、高時代なんか、友達と遊んでいるだけで常にアドレナリンが出まくっている状態だった。

高校時代のある日、仲のいい友達数人とチャリンコで夜まで遊び回り、そろそろ帰ろうとなったときのこと。そのなかのひとりが、「じゃあ、俺こっちだから」と言って高速の入り口へ向かっていく、というギャグをかましてきて、冗談抜きで窒息死するかと思うくらい笑った。当然、「お前、まじでギャグセン高いな！」となって、胴上げ大会が始まる。まったくもって迷惑極まりなく、夜の街で絶対に出会いたくない集団であることは疑いようがない。

人間、大人になるにつれそういう元気がなくなっていくのが通常だけど、酒という魔法はほんのひととき、あのころのテンションを取り戻させてくれる。酒はある意味、タイムマシーンなのかもしれない。

あれは娘がまだ3歳のころだったか。保育園から帰ってきた娘は上機嫌で、なにやらオリジナルの歌を歌いながらオリジナルのダンスを踊り、要所要所でぴたっと動きを止めては変顔をして、自分で爆笑するという行為をくり返していた。子どものそういう行動はとても愛らしいもので、僕も妻も家事などをしつつ、温かく見守っていた。

ところがそんな状態が10分くらい続き、よく飽きないな～と眺めていたら、娘がふと、ズボンのうしろポケットに手を入れてなにかを取り出した。そして、ハッとした顔でそれを戻したかと思うと、突然動きが止まり、顔をくしゃっとゆがませ、今にも泣き出しそうな顔になってしまった。僕も妻も一瞬なにがあったのかわからず、「ぽこちゃんどうしたの⁉ どこかぶつけた⁉」などと聞く。すると娘はおずおずとポケットの中のものをもう一度取り出し、僕らに見せてくれた。その手には「マグフォーマー」という、磁石式ブロックの三角形のパーツがひとつ握られている。そこで状況を理解した。娘は保育園でこのおもちゃで遊んでいた際、きっと「いったん」という感じで、パーツをひとつポケットに入れ、それを忘れてそのまま持ち帰ってきてしまったのだろう。つまり、幼いなりに「いけないことをした」と感じ、どうしていいかわからなくなってしまったというわけだ。

僕も妻もすかさず、「大丈夫大丈夫！　明日先生に『間違えて持って帰っちゃいました』って言って返そうね」と、笑いながらフォローした。と同時に、一瞬でテンションが急降下する子どもならではのおかしさ、そんなことで泣いてしまうかわいらしさ、娘の心に正義感が育っている誇らしさ、そして、なんとも説明できない切なさなどが入り混じり、強烈にぎゅっと胸を締めつけられるような感覚も味わっていた。

ただ、あとから考えてみればその行動、酒場でオヤジギャグなどを飛ばしつつ上機嫌に飲んでいたと思ったら、スマホの待ち受け画面に設定している、単身赴任中で離れて暮らす家族の写真をふと見てしまい、突然泣きだすお父さんと、あんまり変わらないような気もする。

最近、もうひとつ気がついたことがある。

娘は相変わらず好き嫌いが多いが、甘いものだけはたいてい好きだ。ケーキ、アイス、チョコレート、クッキー、焼き菓子類など、常に買いたがるし食べたがる。それはもう、執念に近いと感じるほどに。

たとえば休日、我が家ではなんとなく、一日3回の食事のあいだに2回、なんらかのおやつを食べてもいいということにしてしまっているので、娘は朝から落ち着かない。普段ならぺろりと食べる量の朝食を「もうおなかいっぱいになっちゃった」と残そうとし、体調でも悪いのかと心配すると、「だから、おやつたべる」と謎の理論を展開するのだった。

日中も、どこで覚えたのか頻繁に「そろそろおちゃのじかんにしようか？」などと誘ってきて、それもおやつが食べたいという意味。公園に遊びに行っても、ひとしきり夢中で遊んだあと、どこかお菓子を売っている店に行きたがり、僕も娘に甘いので、「まぁ、体を動かしたあとだしいいか」なんて、つい買い与えてしまう。

「おやつ欲」がほぼない僕には、その気持ちがまったく理解できず、「子どもってのはなんでこんなにおやつに執着するんだろう？」と不思議に思っていた。が、あるとき気がついた。「おやつ」を「おさけ」に置き換えれば、その気持ちが完全に理解できるじゃないか！　と。

僕の場合、せっかくの休日はどうしたって明るいうちから酒が飲みたくなる。「天気がいいから」「仕事がいち段落したから」「夏だから」、どれも酒を飲むためのじゅうぶんな理由になりうる。昼食を食べようと飲食店に入れば、ランチビールが飲みたいからと、ごはんを半分にしてもらう。これが「執着」でなくてなんだろう。

そういえば自分が子どものころの夕飯どき、親に「なんでお父さんは毎日ビールを飲んでるのに、僕はジュースを飲んじゃだめなの？」と聞いたことがあった。そのときは確か「大人はいいの！」的な、なんとも釈然としない返事をされて、「そっか～……」と、無理やり納得したんだったと思う。

ところが現在、僕は晩酌をしながら、つまり〝大人のおやつ〟を嗜みながら、「ばーむろーるがたべたい」と言う娘に対し、偉そうに「だめ！　今はごはんの時間でしょ！」なんて言っているのだ。こんな矛盾があるだろうか。ただ娘よ、申し訳ないけれど、今はがまんのときだ。悔しかったら、早く大人になるしかない。まぁ正直、あんまりあわてて大人になってほしくはないんだけど……。

ボーナス〝酒〟チャンス

休日に子どもを外に連れ出して遊ばせていて、ふいに出現するラッキーな時間のことを「ボーナス〝酒〟チャンス」と呼んでいる。

そんなチャンスがもっとも訪れやすい場所が、家の近所の「石神井公園」。駅寄りの「石神井池エリア」と、道を挟んだ「三宝寺池エリア」から成り、東西にかなりの広がりを見せる、東京23区内では屈指の規模の公園だ。特にかつて「石神井城」のあった三宝寺池エリアは、まるで山里のごとく自然豊かで、地形も起伏に富み、遊具の充実したエリアもある、子どもを遊ばせるにはもってこいの場所。困ったらとりあえず娘を連れていけば「つぎはあっちにいきたい」を連発して、勝手にのびのびと遊んでくれ、近所にあることがありがた〜い公園なのだ。

さらに僕的に嬉しすぎるのが、三宝寺池のほとりにある「T島屋」の存在。遊具エリアから坂道を降りたところにあるので、娘は「したのおみせ」と呼んでおり、ひとしきり遊んで満足した娘が、「したのおみせにいきたい」と言ったら、イッツボーナス〝酒〟チャンス！

僕は、有名な観光地や景勝地ではなく、なんてことのない普通の公園のなかや川べりに、ぽつんと一軒建っている茶屋のような店、なかでも、焼きそばあたりをつまみに缶ビールやカップ酒なんかが飲める店を「天国酒場」と名づけ、探し巡ることをライフワークとしている。

T島屋はそんな天国酒場のまさに典型。いつの時代に建てられたんだ？ という古い平家の建物で、入り口近くには駄菓子やジュース、公園で遊べるボールやおもちゃ、ザリガニ釣り用のエサ、それから酒類などが販売されている。奥に進むと頭上にちょうちんの並ぶ屋外の小上がり席があり、さらに、池に向かってすべての扉が開放された、畳敷きの広い座敷がある。座敷の目の前には店のシンボルである立派な松の木が立っていて、雰囲気はまるで江戸時代の茶店だ。

そこで、娘には最近気に入っている「ちゅーちゅーあいす」こと「クーリッシュ」のバニラ味を買ってやり、あわせて缶ビールを購入。続いて店員さんに「みそおでん」を注文したら、そそくさと座敷に上がりこむ。

だらりと足を崩して座り、目の前で汗をかきつつ熱心にアイスを食べる娘と、その向こうの、水面に反射した光を受けてキラキラと輝く木々を眺めながら、みそおでんとビール。はっきり言って、こんな天国はそうそうない。

ちなみになぜ店名を伏せ字にしているかというと、ここが写真撮影やネットへの情報アップ厳禁の店だから。なんでも、かつてグルメ系の口コミサイトなどを見て嫌な思いをしたようで、家の最寄りの天国酒場ということもあり、何度か取材のお願いをさせてもらったことはあるんだけど、いまだに許可はもらえていない。

あんなにいい店の記録、残したくてたまらないんだけどな……。もしも近くにお寄りの際は、その雰囲気をぜひ覗いてみてください。

他にも、ボーナス〝酒〟チャンスは日常のあちこちに潜んでいる。

脳の成長のためにいいような気がして、娘には、欲しがる絵本があれば基本的に買ってあげることにしている。それとは別に、たとえば「プリキュア」や「すみっコぐらし」のおもちゃがおまけについているような幼児向け雑誌は、月に1冊だけ買ってもいいというルールにしている。なので、月がかわれば当然、「おまけつきのほんかいにいきたい！」ということになり、僕が本屋へ連れてゆくことも多い。

ある休日の午後、お隣、大泉学園駅の駅ビルに大きな「ジュンク堂」があるので、娘を連れてそこへ行った。あ〜だこ〜だと迷ったあげく、ようやく1冊を決めて買い、さて帰るかとなったところで娘が「どこかおみせによってかえりたい」と言う。この場合、なにか目的があるというよりは、街に出てきたことにテンションが上がって、帰るのが名残惜しいってだけなんだろうけど、さてどうするか。定番は、ケーキ屋などでちょっとしたおやつを選ばせてやり、買って帰るか、ファミレスで甘いものでも食べて帰るか。だが、そこでふと思いだした。「ここ、大泉学園だよな。ということは、『大森喫茶酒店』！」

大森喫茶酒店とは、銀座の名門喫茶店で修業した店主が営む本格的な喫茶店でありながら、その名のとおり、同時に昼間っから通しで飲める酒場でもあるというすごい店。オープンからまだ5年ほどだが、大泉の酒好きのあいだでは知らぬ者のないほどの人気店になっている。僕はほぼ酒場としてしか見ていなかったけど、そうだ、あそこは喫茶店でもあるんだよな。

さっそく「パパのお友達のお店があるから行こうか」と提案し、「うん！」と嬉しそうに返事をする娘を連れて店へ。顔見知りの店主、大森さんに「子連れなんですけど、大丈夫ですか……？」と聞くと、にっこりと奥のテーブル席へ案内してくれた。

すぐにお通しの「ヴィシソワーズ」の小鉢（お通しでもういい店とわかるでしょう？）を持ってきてくれた店員さんに、条件反射的に「ホッピーセット」を注文。僕ひとりで娘を連れての外出時は「1杯まで」とルールを決めているから、一瞬「しまった」と思ったけど、まぁ、ナカをお代わりしなければいいのか。

それから、つまみはなにを頼もうかな。日替わりのボードから「ブロッコリー人参ドレッシング」と「おきつね刺」（いなり寿司の皮のみ的なメニュー）をお願いするか。しかしどっちも200円って、本当に憎い店だよな～……。おっと、娘にもなにか頼んでやらないと！　というかそっちが先だったな。いかんいかん、一瞬完全に〝本気酒モード〟に入りかけた。あくまで今は、ボーナスタイム中であることを忘れないようにしないと。

というわけで、メニューを一つひとつ読んでやり、娘の選んだ「バニラアイス」（好きだな、バニラアイス）もあわせて注文。すぐにやってきた品々をつまみながら、至福のプチホッピータイムが始まる。おきつね刺を半分くらい、いなり寿司好きの娘に奪われてしまったけど、まぁそれもいい思い出で、結果的に大満足。懐の深い大森喫茶酒店に心から感謝した。

そういえばこの日、もちろん生まれて初めてホッピーセットを目にした娘が、グラスに半分くらい入った〝ナカ〟を指差し、不思議そうに聞いてきた。

「ぱ〜ぱ、そののみものなぁに？」

僕は答える。

「これは……お水みたいなもんだよ」

卒業

1か月ほど前のある朝、前日まで僕と妻のことをそれぞれ「ぱぱ」「まま」と呼んでいた娘が、とつぜん「ねぇねぇ、おとうさん、おかあさん」と話しかけてきた。僕はびっくりして「どうしたの？　急に呼びかた変えて」と聞くと「きょうからそうやってよぶことにしたんだ〜」との返答。どうやら、見ていたアニメかなにかに影響されたらしい。

きっと一時的なブームですぐに飽きるだろうと思っていたが、その呼びかたは今日にいたるまで続いており、呼ばれるたびになんだかムズムズしている。娘に「おかあさんどこ？」と聞かれたりすると、「ママ？　ベランダにお洗濯もの干しに行ったんじゃない？」などと、こっちは意地でも呼びかたを変えなかったり。そもそも娘が生まれたとき、「我々に対する呼称はどうするか？」問題について、「将来的には〝お父さん〟〝お母さん〟が望ましいけれど、小さいうちは〝パパ〟〝ママ〟でいいだろう」と話し合ったにもかかわらずなので、我ながら矛盾している。けどもはや、かわいいから、家の中では一生パパママでいいかとも思っていたくらいだったのにな……。

同様に、以前この連載にも書いた「言い間違い」も急速に減少していて、僕のメモにここ3か月で追加された項目は、妻と娘が一緒にハマっている「ちいかわ」というアニメに出てくるキャラクターの「鎧さん↓よりおさん」。それから、「チャルメラ↓ちゃらめる」「秘密基地↓ひみつちき」のたった3つだけだ。

酒飲みのバイブル的漫画『酒のほそ道』の作者、ラズウェル細木先生が、ちょうど今の僕と同年代のころに描いていた子育て漫画『パパのココロ』に、似たようなエピソードがある。いちごのことを「ごちご」という娘さんがかわいくて、必死で〝逆矯正〟を試みるんだけど「10回に9回は『いちご』と言う。ああ、くやしい」と嘆くラズ先生。一方的に心の師匠と尊敬している大先輩も、かつて僕と同じような経験をしていたんだな。と思うと、なんだか不思議だ。

子どもの成長とは驚くほど早いもので、日々があらゆるものからの「卒業」の連続と言える。たとえば娘は「おむつ」がとれたのは比較的遅めで、保育園の同じクラスの親御さんと、「おむつどうですか？」「うちはこないだとれたんですよ～」なんて話をするたび不安になり、妻と深刻に悩んでいた。

ところが保育園の方針もあって、徐々に昼間はパンツで過ごすようになり、妻が根気強く、「ぼこちゃん、今日からパンツで寝てみようか？」と提案しだして数日目。娘が「うん」と答え、その夜からあっさりおむつを卒業してしまった。おねしょも、僕がうっかり寝る前にトイレに誘うのを忘れてしまったときの3回だけ。しばらく前まで、おむつを換えてやりながら、「人生であと何回、これをするのだろうか……」なんて思っていたのに、あっけなさすぎじゃないだろうか？

思えば卒乳もそうだった。生まれたときから母乳で育ち、「おっぱいのみたい」が口癖のようだった娘。これも遅めで3歳になるくらいまでは卒乳ができていなかった。男の僕には想像することもできないけれど、授乳というのは育児の上でも特別大変なことのひとつに思え、任せることしかできずに心苦しかったのを覚えている。

そこである3連休。ここを使って絶対に卒乳しよう！　と計画を立てた。娘に「今日からはおっぱいなしね」と入念に説明し、万が一禁断症状でひどい大泣きなどをしてしまう場合は、夜間でも特別におやつなどをあげることもやぶさかではないとした。3日間、家族で眠れぬ夜を過ごすことになるかもしれない。が、とにかく一致団結して耐え忍ぼう。この3日間を越えれば、娘は一歩成長できるのだから。

というわけで、最大の関門でもある1日目の夜。寝る前にふたたび妻が説明すると、「うん、がんばる」とけなげに答える娘。もちろん、今までいつでも飲めていたおっぱいが飲めないのは辛そうではあったものの、本当にがんばってしまい、それですんなりと卒乳が完了してしまったのだった。

思えば本書のタイトルにもなっている「ベビーカー」だってそうだ。

記憶にあるのは数か月前の大雨の朝。娘を保育園に連れていくのに、いくらレインウェアを着ていても、自転車でびしょ濡れになりながらだと風邪をひきそうだった。そこで入念に防寒し、カバーつきのベビーカーに娘を乗せて送っていったその日以来、一度も使っていない。もはや「缶チューハイとベビーカー」というシチュエーションは、僕の人生にはないのだ。

昨夜、床に寝っ転がってクッションを枕にし、ぼーっとTVを見ていた僕の上に、娘がどすんと乗っかってきた。やたらと顔を近づけるので、「ぼこちゃん、パパ、TVが見えないよ」と、首を右に傾ける。すると娘も同じ方向に首を傾ける。そこで僕がこんどは左に傾けると、またまねをする。娘はそれが楽しかったようで、にっこにこでしばらくその遊びを続けていた。僕は「も〜、見えないってば〜」なんて口では言っているんだけど、その実、とてもじゃないけど娘がかわいらしすぎて、内心「この時間よ、永遠に続いてくれ！」と思うのだった。

ただ、そうやって無邪気に父親にくっついて遊んだり、全身全霊で甘えたりといった行為からも、そう遠くない将来、卒業する日がやってくるのだろう。その日を思うと……とてもじゃないけど、酒でも飲まないとやってられない。

酒といえば先日、地元に、イベントなども頻繁に行われるカフェと雑貨店の並ぶ一画があり、休日に散歩がてら娘を連れていった。僕は、店内にあるおもちゃで娘が遊ばせてもらっているのを眺めながら、並びの酒屋で買った缶チューハイを、店の前のスペースでちびちび飲んでいた。そういう自由な過ごしかたも許容してくれるありがたい場所なのだ。

途中で手がすべり、チューハイを地面に落としてしまって「おっと！」と声を上げる。するとすかさず、娘が店内から「おとうさん、おさけこぼしちゃったの？」と聞いてきた。僕は「周囲の人になるべく威圧感を与えないように」という理由で、屋外で酒を飲むときは必ずペットボトル用のカバーなどをつけるようにしている。つまり、娘には僕がなにを飲んでいるかなんて、というか、店で売られている酒とソフトドリンクの区別すらも、そこまではっきりとはついていないと思っていた。ところが娘は、僕の思う以上にいろいろなことをきちんと理解していたのだ。

　子どもは、親の想像をはるかに超えたスピードで成長し、日々さまざまなものから卒業していくのだろう。僕も、その寂しさを酒でまぎらわそうとする行為からは、そろそろ卒業しないといけないのかもしれない。

不安と混乱の1週間

ある平日、朝起きてきた娘が、「おなかがいたい」と訴えてきた。とはいえ、痛すぎて動けないとか、がまんができないというほどではないと言う。最近よく、布団を豪快に蹴って寝たりしているので、それで冷えてしまったのかな？　とも思ったけれど、やはり心配だ。念のため、保育園へ行く前に、僕が病院に連れていって、診てもらうことにした。

地元にかかりつけの小児科があり、なにかあればひとまずそこにお世話になっている。たいていは、診察開始時間である9時の少し前に到着すると、いちばん乗りか、せいぜい前に1、2組の待ち客がいるだけで、スムーズに受診できる。ところがその日は、様子が違った。

いつもどおりの時間に到着すると、なんと、50～60組はいると思われる親子連れが、病院の外の道路にまで長い長い行列を作っている。僕は意味がわからず、え？　お祭り？　……なわけないよな。なんか、ある地域、もしくはある学校の子どもたちがいっせいにここで健康診断を受けるとか、そういう特別な日なのだろうか？　などと混乱するも、とにかくこの日は、最高気温が30℃を超える真夏日だった。屋根もない炎天下の往来で、何時間かかるかもわからない行列に娘を並ばせるのはどうか。

そこで急遽、これまた診てもらったことのある、近くの別の小児科へ行ってみる。すると、今まさに開院の準備をしているところで、行列はなし。ほっとして看護師さんに、「予約はしてないんですが、受診できますか?」と聞くと、「すみません、午前の診察はもう予約でいっぱいで」とのこと。また「午後3時からの診療の予約が、インターネットで午後1時半からできますので、よければそちらをご利用ください。ただ、すぐに埋まっちゃうので急いだほうがいいですよ」とも教えてもらうことができた。

であれば、娘をいったん保育園に預け、時間になったら午後の予約をとって、午後2時半ごろにお迎えに行ってその病院へ行くほうがスムーズそうだ。幸い娘も、それで大丈夫と納得してくれた。

そして予約開始の午後1時半ちょうど。自宅のパソコンから病院のサイトへアクセスし、予約ページへと進む。ところが、いったんは無事に入れたものの、初めてなので勝手がわからず、ちょっとページを戻ってまた進もうとすると、「本日の予約は終了しました」の表示とともに、50組の枠が一瞬で埋まってしまったらしいことが告げられている。まだ、1時31分にもなっていないのに……。

僕は本格的に焦りを感じ、とにかく娘が診察券を作ったことのある病院に「本日、5歳の子どもを受診させてもらえないでしょうか?」と電話をかけまくった。ところがどこも予約でいっぱい。

そこでさらに、マップで検索し、自転車で行けそうな範囲の病院にも片っぱしから電話をかけていく。するとようやく「明後日の午後ならば可能です」と言ってくれた病院がひとつだけ見つかり、娘がとても心配ではあるけれど、他に手はないようなので、それでお願いすることにした。

一体なにが起きているんだろう？　何気なくTwitterで「小児科」と検索してみる。すると、「子どもたちの間で発熱が大流行中で、発熱外来も小児科もパンク状態。どこにも診てもらえないし電話すらつながらない」というような悲痛なツイートが山ほどヒットして、やっと現状を把握した。どうやら、「RSウイルス」や「ヒトメタニューモウイルス」なる感染症が猛威をふるっており、小児科の医療現場がかなりやばい状況らしい。診察日までに娘の症状が悪化でもしたらと不安になり、娘よりもさらに大変な状況にある子どもたちを心配する親御さんの不安を思うと、胸が痛んだ。

翌日の朝。保育園のノートに記入するため娘の熱を計ると、なんと37・5℃。不安で一気に胸が押しつぶされそうになる。が、当の娘は、とても熱があるとは思えないほど元気であり、園の保育士の先生に電話で相談し、容体が急変したりしない限りは、様子をみておいてあげるのでいいでしょうということになった。

しかしもちろん、保育園には連れて行けない。幸い僕はフリーライターで、家にいても仕事はできるし、その週は運良く、取材などで外に出なければいけない予定もなかった。そこで妻と交代で娘の様子を見つつ、TVでアニメ『少年アシベ　Go！Go！ゴマちゃん』を飽きずに見ている娘にあれこれ話しかけられながら、いつもの1／3くらいのスピードでしか進まない仕事を、少しずつこなしたりしていた。

ついに受診日。念のためコロナも含む検査もしてもらったところ陰性で、診断は「軽い夏風邪ですね」とのことでひと安心。念のため数日ぶん出してもらった薬を飲んでいたら、娘の体調は悪化することもなく回復していった。

と、今回ここまで、この連載の大きなテーマである「酒」の話が出ていない。そりゃあそうだ。保育園というのは、朝に計って熱が下がってたからといって、その日に登園を再開させるのはNGという決まりになっている。しっかり熱が下がりきってから、念のため24時間は自宅待機をしなければいけない。というわけで、しばらくずっと家で過ごしていた娘が、再び登園を再開できたのが、丸々1週間後。それまでの間はなんとも落ち着かず、気持ちが酒を堪能するモードになどなれない。もちろん娘が寝たあとに、ふぅ、なんつってチューハイを一杯飲むくらいのことはしたけど、万が一夜中に体調が急変でもしたら……という心配はずっとあったし。

えぇ、だからね、久々に娘を保育園に送ってった日の酒は、そりゃあもううまかったですよ！　さすがに1週間ぶんの疲れがたまりまくっていたので、ばーっと必要最低限の仕事だけ終わらせたら、午後からはもう休み休み！　最近ハマってるのが、回転寿司「はま寿司」でのちょい飲みで、いつもは「小ジョッキ」から始める生ビールも、今日は贅沢に「中ジョッキ」いっちゃおう！　午後2時くらいの、人もまばらな店内で、キンキンの生ビールをぐい〜〜〜っと、ひと息でいけるとこまで。その解放感といったら！　また、「まぐろ三種盛り」と「サーモン三種盛り」あたりを

〝シャリ少なめ〟で頼むのがいいつまみになるんだな。寿司というよりもどちらかというと、〝ほんの少しのシャリをアクセントに食べる刺身〟って感じで。あ〜、心と体に沁みすぎる！　あ、そろそろ「黒霧島」のロックを追加注文しておくか……。

と、最後はいつもどおり、アホ面で酔っぱらっているだけの自分だったが、アホはアホなりに、小児科の医療現場の実態など、考えさせられることの多い1週間だった。

特別な夜

あれは僕が小学校低学年のころのことだったと思う。

当時両親は、家の1階にある和室で、そのふすま1枚隔てた部屋に僕が、全員ふとんを敷いて寝ていた。なので僕は、ベッドというものにあこがれていた。

居間にふたりがけのソファーがあった。全面青いビロード生地張りで、その生地が等間隔に鋲で止めてある、今にして思うとなかなかレトロなデザインのものだ。そのソファーは、中央でセパレートできるようになっていて、つまり、右と左がそれぞれ独立して動かせた。

ちょっと説明がややこしいのだけれど、想像してみてほしい。そのソファーをいったん壁から離し、右側のパーツを時計回りに90度回転させる。同様に、左側を反時計回りに90度回転させる。そしてふたたび、壁に寄せる。すると、ソファの手前側は、ひじかけで「柵」ができたような状態になる。幼いころ、よく親にそのように動かしてもらっては、ソファーを船、周囲の床を海であると設定し、空想上の船旅に出ていた。

ある夜、僕は両親に、「今日はここで寝てみたい」と訴えた。つまり、その船がベッドのかわりというわけだ。とはいえ、座面部分はやたらふかふかで平らではないし、布団が敷けるほどの大きさがあるわけでもない。寝たら疲れが取れるどころか、翌日体がバキバキになるのは目に見えている。当然両親は、「こんなところで寝るなんてダメだ」と言った。

ところがどうしてもその船ベッドで寝てみたい僕は、それからも毎日のように両親に懇願を続けた。数日後、ついに根負けした母が、「わかったわかった。じゃあ試しに、1日だけ寝てみたら」と言った。

もちろん、そもそも寝づらい場所だし、加えてドーパミンも出まくっている。はっきりとは覚えてないけど、そんな状態で寝られるわけもないから、少しして満足したら「やっぱりねられなかった」とかなんとか言って、おとなしく布団で寝たんだろうと思う。

ただ、その日の夜が始まるときのわくわくした感覚は、今でも鮮明に心に刻まれている。

娘がまだ乳幼児のころ、午後には決まってうとうとしだし、欠かさず昼寝をするのが休日のお決まりだった。そして昼寝の場合、1〜2時間すると、こちらが起こさなくても勝手にぱちりと目を開ける。夜は夜で、9時間でも10時間でも続けてしっかりと眠るのに。そのシステムがおもしろく、「子どもの体って不思議だなぁ」などと思っていた。

が、5歳になった最近は、昼寝をしない日のほうが多くなってきた。日々の生活の疲れで、日中はむしろ自分のほうが眠く、「ねぇぼこちゃん、一緒にお昼寝しようよ」と誘っても「ねむくな〜

い」などと言って夢中で遊んでいる。それならそうで、夜は疲れてすんなり寝てくれることが多いからいいんだけど、困るのは、寝ない寝ないと言っていたのに、夕方くらいに急に眠気にあらがえず、うとうとしだすときだ（ちなみにその様子は、何度見てもかわいいんだけど）。

たいていそのままコテンと寝てしまい、起こすのもかわいそうだから、1時間くらいは寝かせておいてやる。きっとやってくるであろう「娘がなかなか寝ない夜」に怯えながら……。

先日も、日曜の夜にそんなことがあった。食事や入浴、寝る準備をすませ、夕方に寝てしまったから、いつもよりはのんびりしていたが、もう夜の10時も近い。さすがにそろそろ、と、妻が娘を寝かしつけてくれることになった。僕は「おやすみ」と、それを居間から見送った。もうしばらくだけ、晩酌の続きのウイスキーを飲んでいたくて。

ところが1時間くらいして、にっこにこでぬいぐるみを抱えた娘が居間に戻ってきた。「どうしても寝られないんだって……」と言う妻の顔が、あきらかに疲れている。

妻はふだん、平日は5時すぎには起きるので、根気強く娘に「もう一度、ねんねのお部屋に行ってみよう？　電気を消して目をつむってれば眠くなるよ」と説得している。が、その様子を見るに、過去最高というレベルで、眠くなさそうだ。娘が言う。

「なんかね、ぼこちゃん、のどが……」

「どうしたの？　喉が痛いの？　それで寝られない？」

「ううん。のどが……ちょっとゆがんでる」

どういう状態かはよくわからないけど、そのにやにやとした表情を見るに、とにかくまだ寝たくないので、なにかしらその理由を考えているのだろう。

僕はそこで覚悟を決めた。よし、今夜は娘にとことん付き合おう。幸い僕はフリーランスだから、今できる仕事を進めておけば、明日娘を保育園に預けてから昼寝をすることもできる。しかもちょうど、頼まれた書評の仕事用に、早めに読んでしまわなければいけない本があるんだった。

居間には昼寝用の大きな丸座布団が敷いてある。娘に「じゃあ、こっちにかけぶとんだけ持ってきて、眠くなるまでごろごろしてる？」と聞くと、そうしたいと言うので、妻には「寝室で寝て」と伝え、僕が見ていることにした。

娘に「パパはここでお仕事してるからね。眠くなったら寝るんだよ」と伝え、いちばん暗くした間接照明の下、ウイスキーをちびちびとやりつつ、本にふせんを貼りながら読んでいく。

視界のすみで、布団がごそごそと動いているのがわかる。たまにそちらをぱっと見ると、布団からスーッと手だけが伸びて、おもちゃ箱からおもちゃを取ろうとしていたりする。「ぼこちゃん！」と言うと、その手がまたスッとふとんに戻る。

そんなことをくり返しているうち、娘の行動はどんどん大胆になってゆく。ふと見ると、仰向けになって、両手にぬいぐるみを持って思いっきり遊んでいる。そこでまた「ぼこちゃん！」と言うと、もはや開き直り、こちらを見て「ニコッ」と笑う。その顔が、悔しいがたまらなくかわいい。

こんなことが何度もあっては困るし、明日からまた保育園なんだから、早く寝てほしいのはもちろんだ。けれども僕はまた、「たまにはこんな日があってても、いいか……」とも思ってしまっていた。

いつもと違う夜。娘にとってもきっと、どこか特別なわくわく感があるんだろう。こちらもその特別感を肴に飲むウイスキーが、なんだかうまい。けっきょく、娘がスースーと寝息をたて始めたのは、深夜1時近くだった。ほっとして、その穏やかな顔を眺めながら、僕はなぜだかあの、「船ベッド」の夜を思い出していた。

娘が生まれた日

子育てをしていると、日々が目まぐるしすぎて昔のことをどんどん忘れていってしまう。たとえば娘が言葉をしゃべりだし、どのくらいの期間で、どんな段階を経て、今のように口が達者になっていったのか。思い出そうとしてもはっきりと思い出せないし、これは子育ての経験をしたことのある方と話すと大定番の「あるある」でもある。

が、ひと昔前とは確実に状況が違う部分もある。「スマホ」の存在だ。僕は仕事がら、それがいつか企画や記事のネタになることは珍しくないから、ふらりと入った酒場の酒とつまみの写真を撮っておくのがクセになっている。なので、常にデジタル一眼レフカメラを持ち歩くようにしていて、そのカメラで娘の写真を撮るのも日常的なことだ。

しかしそれとは別に、娘がものすごくかわいい姿勢で眠っていたとき、突然変顔をしたり、謎のダンスを踊り始めたとき、くり返し描いては消して使えるおもちゃのイラストボードに描いた絵が上手だったときなど、「この瞬間を写真に残しておきたい！」と思ったときは、いつでも手もとにあるスマホでパッと撮ることが多い。無論、僕と妻のカメラロールはそんな写真でいっぱいだ。

しかもだ。昨今のスマホは機能が多彩で、「3年前の思い出をふり返ってみましょう」なんていうメッセージとともに、突然、2歳だったころの娘の写真を画面に表示してきたりする。いわば、受動的ふり返り。もはや〝ふり返らされ〟と言ってしまってもいいだろう。

当然、そんな写真を見ればそのたび切なくなる。あぁ、あったな、こんな日も。毎日会っていると忘れがちになってしまうけど、子どもってとてつもないスピードで成長し続けてるんだよな。一日一日を、もっともっと大切に過ごさないと……と。

ちなみに余談だが、「3年前の思い出をふり返ってみましょう」というメッセージとともに表示される、どこかの居酒屋で飲んだ酒やつまみの写真を見せられても、あれ？　これつい最近のことじゃなかったっけ？　としか思わない。そのたび、あぁ、大人とは、いや、自分とは、子どもとは対照的に、まったく成長しない生き物なんだな……とも実感させられる。

そういうわけで先日、ふと娘が生まれた日のことを思い出す機会があった。

もう5年も前のことになるのか。「年を取るほどに時の流れが早くなる」という話を疑う人はあまりいないだろうし、僕も例外ではない。ただ、娘に関する出来事を思い出すときだけ、「昨日のことのよう」ではなく、きっちり5年前、ちゃんと昔のことのように感じる。これはもしかして自分だけのことなのかもしれないが、最近そう気づいた。

妻の出産にあたっては、我が家のある西武池袋線の石神井公園駅から4駅離れた、東久留米という駅の近くにある大きな産婦人科にお世話になった。当然、定期的に健診に通うことになり、僕もできるかぎり付き添うようにしていたので、しばらくの間は頻繁に東久留米を訪れた。

なんだかゆったりのんびりとした空気感で、とてもうちから4駅しか離れていないとは思えないほど自然豊かな川が流れ、それでいて個人経営の飲食店なども多い、とてもいい街だと思った。

特に思い出深いのは、一軒の寿司屋だ。カウンターが6席だけの本当に小さな店で、当時でこの道65年になると語る大将が、ひとりで切り盛りしていた。

そもそも僕は、大衆酒場と違い、回らない寿司屋にひとりで入る勇気など持ち合わせていない男だ。ではなぜその店に入ったかというと、入り口に「缶チューハイ持ち込み自由」と張り紙があるのを発見してしまったから。俄然興味を持ったし、「仕事で書く原稿のネタになるかもしれない」という下心もなかったと言えば嘘になる。そこでまずは一度様子見で軽く、そしてそのときに取材の許可ももらい、記事に書かせてもらうためにもう一度、店に足を運んだ。もちろん、身重の妻をあまり外食に連れ回すわけにもいかないから、ひとりで。

ところがその2回で、僕は大将が大好きになってしまった。豊富な人生経験と、それをひけらかすことのない人柄。それでいて話好きで、昔のことから下世話なことまで、興味深い話がいつ行っても聞ける。もちろん、大将が人生をかけている寿司は、すっごくうまい。加えて、看板にいつわりなしで缶チューハイ持ち込み自由（というか、大将はお酒が飲めないから、酒はなんでも好きなものを持ってきていいよというスタンス）だから、お会計はめちゃくちゃリーズナブル。その後も何度かランチにおじゃましたりして、妻が近くの病院で出産予定のため、最近よくこの街に来ているという話なんかもさせてもらった。

妻の出産は、事情により帝王切開で行われることになり、数日前から入院をすることになった。当時僕はまだ会社員だったが、仕事のあとに毎日病院へ通った。

いよいよ出産当日。手術室へと向かう、きっと不安もあるはずなのに、なんだか頼もしい表情の妻を見送り、待機場所のベンチでひとり待つ。もちろん、母子ともに健康で生まれてきてくれるに決まっている。けれども「万が一のことがあったら……」と、やはり不安はつきまとう。ところがそんな気持ちをよそに20分もかからず手術は終了し、看護師さんから「無事生まれましたよ。元気な女の子です」と伝えられたときの、あの安堵感。

しばしのち、対面した娘は、はだかんぼうで、ふにゃふにゃのしわしわで、けれども無性にかわいく愛おしく、感動と感慨と希望と不安が入り混じる、生まれて初めての感情が僕を包んだ。看護師さんがそっと抱かせてくれると、驚くほど軽く、柔らかく、ほんの数ミリでも手を添える位置を間違えてしまったら、なにか大変なことになってしまうんじゃないか？　と気が気じゃないような、とてもあやうげな存在にも感じた。

想像していた「おぎゃあ！　おぎゃあ！」というテンションではなくて（聞けばその時間は過ぎ、もう落ち着いたところだということで）、目をつむり、「あ……あ……ぐす……ぐす……」と、静かに泣いている娘。そのちょっと鼻にかかったような特徴的な声を今もはっきりと覚えていて、というかあの声、今もそっくり一緒だよな、と、思い出すたびに笑ってしまう。さてその日は、母子ともにゆっくり休んでもらわなければいけない。男親の僕の出番などないのだ。個室に戻り、母性に満ちた顔で隣に眠る娘をなでている妻に、「じゃあ、また明日来るから」と伝え、夕方には帰ることにした。

帰り道、僕はあの寿司屋に寄った。にぎりのメニューには「楓」「上」「特上」「特選」とあり、さすがにまだ特選に釣り合うほどの男ではない気がして、２２５０円の「特上」を注文。そして、初めて持ち込みではなく、数少ないアルコールメニューである「瓶ビール」も頼む。

客商売の長い大将は、すぐに気がついたのだろう。

「お兄さん、確かもうすぐって言ってたよね？　もしかして……」

「えぇ、さっき、無事生まれました」

それを聞き、まるで自分の孫が生まれたかのように顔を崩し、「よかったじゃない！　かわいいだろうねぇ」と答えてくれた大将の笑顔、そして、最高にうまかった特上寿司とビールの味は、忘れようにも忘れられない。

自分もまだ小さくて
かわいい
くせに
小さくて
かわいいものが
好き

カルビ焼肉を好きになる

「のびたアンパンマンおうどんで酒を飲む」という回で、かなり保守的である娘の食事情にふれた。

もちろんその基本は変わっていないんだけど、主に妻の努力により（僕も娘にごはんを作ってやることはあるけれど、つい食べるとわかっている同じものばかりになってしまいがち）、少しずつ食べられる食材やおかずの幅は増えてきている。

たとえばその回で「肉類は、基本的に鶏オンリー。豚や牛は食べたがらない。子どもなら大好きそうなハンバーグも、いわゆる茶色いデミグラス系のソースがかかったようなのには興味がなく、『しろいはんばーぐがいい』んだそう」と書いた。が、最近はデミグラスソースで煮込んだハンバーグなどもぱくぱくと食べるようになった。豚肉や牛肉も、味つけによっては少しずつ食べてくれるようになった。

麺類だと、子ども用のカップラーメンとうどん以外は、パスタオンリーだったのが、今年の夏はそうめんをよく食べた。これも妻の提案で、卓上流しそうめん器を導入したことが大きい。買ったのはパール金属「そうめん流し器 Mサイズ 流氷 しろくま」。中央に氷山を模した薬味入れがあり、そのまんなかに小さな白くまがいてそれがスイッチになっている。娘はそれをとても気に入り、「今日の朝ごはんなににする?」と聞くと「ながしそうめん!」と言ってきて、朝からはかんべんしてくれ! ということが何度もあった。また、太めでつるもち食感の「手延半田めん」を箱買いしていたことも大きい。このそうめんは本気でうまい。

それからもうひとつ。妻子がどハマりしている(最近はその影響で僕もハマり始めている)「ちいかわ」というキャラクターがあって、その漫画やアニメに、インスタントラーメンの「チャルメラ」がたびたび登場する。おかげでチャルメラの醤油味も娘の好物になり、ちいかわ定番のかけ声をまねて「ちゃるめら、さいこ〜!」なんて言いながら、喜んで食べている。

ただし、チャルメラ1人前は5歳の娘にはまだ多く、よく残す。そういう場合は、スープをざるで切って、いったんのびた麺だけにし、それをなんとかアレンジして僕が食べてしまうことが多い。ある日は、すき家でテイクアウトしてきた単品の鶏料理「ファイヤーチキン」の残りが冷蔵庫にあったのを思い出し、それをほぐしてのび麺とともにごま油をひいたフライパンで炒め合わせ、謎の中華風麺料理を生成してみたりした。それは酒のつまみに、だいぶ良かった。

それからなによりもありがたいのは、妻が作る「にんじんしりしり」を娘がとても気に入ったことだ。細切りのにんじんにツナ缶と玉子を加えて炒めた沖縄料理で、これを子ども用の箸でがさっととって大口でほおばっているのを見ると、なんだかすごく安心する。

子どもが食べるものの幅を広げるコツのひとつに「いつもと違う環境」があるようだ。

たとえば、車で妻の実家に帰省する途中で寄った、からあげ定食専門のチェーン店では、こちらが驚くほどにからあげをばくばく食べた。よく行っていた地元の町中華でも、家では玉子オンリーの薄味チャーハンしか食べないのに、具沢山のチャーハンをよく食べた。家族でスーパーに行った際、小さな器でカレーの試食をすすめられたことがあったが、当時の娘はまだ、アンパンマンカレーしか食べたことがなかった。ところが僕と妻が食べているのを見てうらやましくなったようで、「ぼこちゃんもたべたい！」と言いだす。ふたりして「大丈夫？　これ、大人用のカレーだよ？」と言うんだけど、それでも食べてみたいというので、ほんのひと口食べさせてやったら、辛味もそこそこあるスパイス感の強いカレーだったのに、「おいしい！」と言ったのには驚いた。

先ほどの流しそうめんもそうだけど、いつもと違う環境は、なにも外食でしか作れないわけではない。先日は、休みの日の早めの夕方から、家族で餃子を作った。餃子なんて、食べるときはぱくっと一瞬なのに、具材を刻んで、ちまちま包んで、フライパンに並べて焼いてと、家で作るとなると面倒極まりない料理だ。しかも近所で「ぎょうざの満洲」の冷凍餃子が、驚くほど安く買えるのに。なので我が家ではあまり作らないメニューなんだけど、娘が楽しんでくれればいいなという想いでがんばった。娘にとっては、生まれて初めての餃子作り。

念のため、具は3種類用意した。ひとつはオーソドックスに、豚ひき肉とたっぷりのキャベツ。

もうひとつは娘が食べやすいよう、鶏ひき肉と少なめキャベツで、味も薄めのもの。それから、はんぺんをよーく潰して玉子に混ぜて焼いたもの。これは玉子餃子用。

それらをテーブルで、家族3人で包んでいくわけだけど、手先が器用で几帳面な妻に似たのか、娘の餃子包みが思った以上にうまくて、かなり驚いてしまった。ちょっと薄べったい仕上がりではあるけれど、均等につけられたひだなどは、がさつな僕が包んだものよりきれいなくらいだ。

全部で50個の餃子を包みあげたら、さぁあとは、焼いてビールのつまみにするだけ！　久々に家で作った餃子はとてもうまかったし、娘ももちろん、大喜びで食べていた。ふだん「今日の夜ごはん、餃子はどう？」なんて提案しても、嫌そうな顔をするだけなのに。

そして先日、かなり久しぶりに家族で外食をする機会があった。我が家の最寄りである西武池袋線、石神井公園駅からわずか2駅の、富士見台駅近くに、焼肉の名店「牛蔵」がある。超人気店ゆえ、予約をとるのがかなり難しいほどの。そんな牛蔵の予約状況を、久しぶりに行きたいと思ったらしき妻が何気なく確認すると、なんとちょうどキャンセルが出たところで、今決めてしまえば数日後に行くことができるらしい。そりゃあもう、行くしかない！　ということで、我々にとっては数年ぶり、そして娘にとっては初めての牛蔵に行けることになった。というか、娘にとっては焼肉店自体が初めてだ。

牛蔵は、A5ランクの国産黒毛和牛にこだわった店で、しかも異常に安い。そのお得さと満足度は全国屈指とまで言われているそうだ。つまり、なにを頼んでも、もう本気でうまい。やばい。

そんな店だから、ここぞとばかり、欲望のままに頼んだ。タン塩、上もも、カルビ、薄切りカルビ、ハツ、センマイ刺し……。数量限定の「ローストビーフユッケ仕立て」にありつけたのも幸運だった。くり返しになるけれど、どれも涙が出るほどうまい。もちろん生ビールは飲みつつ、白メシもがつがつ食べる。他にも、鶏スープ、豆腐サラダ、かぼちゃのバターホイル焼き。僕は途中で生レモンサワー、それから、あまり酔っぱらいすぎてもなんなので、「炭酸水」(ジョッキに並々と入ってレモンスライスがのっているので、チューハイ感覚で飲めるのが嬉しい)を追加し、妻子は杏仁豆腐やバニラアイスなどのデザートも堪能。3人でお腹いっぱいになるまでいい肉を食べて、大満足でお会計を頼んだら、約9000円だった。一体どうなってんだ、この店……。

ちなみに娘の様子はどうだったかというと、嬉しいことに大喜び。店に入るなり、テーブルにセットされた焼き台のほうへ、まるで焚き火に当たるかのように両手を向けて「あったか〜い」とおどけてみせたり、窓からすぐ横を走る電車に「お〜い!」と手をふったり。そうかと思うと、肉から脂が落ちて焼き台から火が上がるたび、「きゃ〜!」とおびえたりと忙しい。

ふだん家で焼肉をしても、娘は基本的に食べたがらないので、事前に「なになら食べられるかな?」なんて話をしていたんだけど、この日は我々の想像を超えてよく食べた。隣に座る妻に小さめにカットしてもらった肉でごはんを巻いて、どんどん頬張っている。食べるたび、両手をほっぺたに当てて目をつむり、「おいしすぎてうっとり……」みたいな表情をするのもかわいくてたまらない。親というものは、子どもがこうやって喜んでいる顔を見ている瞬間が、いちばん幸せなのかもしれない。

娘はどうやら、特に食べやすかった薄切りカルビをいちばん気に入ったようだ。そりゃあそうだ、甘〜い脂がたっぷりのった、A5和牛のカルビだもん。

翌朝、僕は娘に何気なくこう言った。「ぼこちゃん、今日の夜ごはんは、なにかお魚の料理にしようか?」。すると娘はなんだかモジモジしだし、どこで覚えたのかおへその前あたりで両手の人差し指をつんつん合わせる仕草をしている。「ん? どうしたの?」と聞くと、小さく甘えた声でひと言。

「ぼこちゃん、きょうもかるびがたべたいなぁ〜」

これには笑った。そんなに気に入ってくれたなら良かった。ただし娘よ、人生はそこまで甘くない。国産牛の味だけに慣れてしまってもらっては困る(主にこっちが)。そこでスーパーへ行き、ちょうどよく脂ののったアメリカ産の牛ばら薄切り肉を買ってきて、夜はそれを焼いてやった。それを「おいしい」と言って食べる娘を見て、僕はひと安心。しかし、食事も後半になったころ、娘が言う。

「おとうさん、あのね〜、ぼこちゃん、ちょっといいたいことがあるんだ」

「なぁに?」

「このおにくより、きのうのおにくやさんのおにくのほうが、も〜っとおいしかった!」

……味覚が敏感なようで、なによりだ。

顔よりでかい
パンを
丸かじり

プールとビール

先日、初めて保育園の「パパ友」とＬＩＮＥ交換をした。

０歳児クラスから今の保育園に通いだした娘も、早５歳。それだけ通って初めてのことだ。まぁ、娘はすっかり友達も増えたようだが、主にコロナのことがあって、保育園以外で家族同士で遊ぶというような機会がほとんどなかったから、しかたないこととも言える。なので現状、そもそも、僕に相手を〝パパ友〟と呼べる資格があるほど深い付き合いではないんだけど、ここではもう、そう言わせてもらいたい。

交換をしたのは、娘がクラスでいちばん仲のいいＮちゃんのお父さんだ。保育園の送り迎えに行くと、たいてい娘とＮちゃんは、ふたりでキャッキャと遊んでいる。顔が似ているとかではないものの、その姿がまるで双子のようで微笑ましい。

また、園の行事、たとえば「夏まつり」なんかに参加して、保育士さんたちが考えてくれたいくつかのゲームをスタンプラリーのようにめぐる場合など、娘は必ず「Ｎちゃんといっしょのがやりたい」とついて回る。もっと主体性を持ってほしいとこっちが心配になるほどに、Nちゃんのことが好きなようだ。

そんなNちゃんのご両親は、常に笑顔の爽やかな素晴らしい人たち。それに、たぶん僕よりはだいぶ年下と思われるが、ふたりともものすごく人間ができている。なんというか、オーラからして余裕がある。

たとえば保育園のお迎えのタイミングがちょうど一緒になり、近くの公園で少しだけ遊んで帰りたいということがよくある。するとたいてい、「じゃあ時計の針が下に向くまでね（つまり、30分になるまで）」などと約束し、遊ばせてやる。ところが約束の時間になったって、子どもたちが素直に言うことを聞くはずがない。「もう時間だよ〜」と言っても「まだ！」と言って遊び続ける。そんなやりとりを何度か繰り返していると、どうしてもイライラしてきてしまい、僕などはすぐ「ぼこちゃん、約束したでしょ！　言うこと聞かないなら、パパ先に帰っちゃうよ！」などと、語気強めに言ってしまったりする。しかしNちゃんのお父さんは、決してそういうことがない。根気強くお子さんと向き合い、「よ〜し、じゃあ自転車のところまでパパと競争だ」などと、うまいこと誘導したりしている。心底、僕もああいう男になりたいと思う。

さて、そんなNちゃんのお父さんとＬＩＮＥの交換をしたのは、夏の終わりごろ。休みの日に父親ふたりで、娘たちを地元の「石神井プール」に連れていこうという話になったのがきっかけだ。コロナ禍で、３年も続けて、娘には夏らしい思い出などほとんど作ってやれなかった。それでも、屋外のプールで友達と遊ぶくらいのことは、そろそろやらせてあげてもいいだろう。そう思い立って勇気を出してお誘いしてみたところ、「ぜひぜひ！　ではＬＩＮＥで相談しつつ日程を決めましょう」となったわけだ。

それが実現したのが、今季のプール営業が終わるぎりぎりの、9月の初め。絶好のプール日和だったが、むしろ暑いくらいのなか、一日あちこち回って、けっこう大変な日でもあった。

まず、娘がしばらく前から通い始めた習いごとがあり、午前中はそこに連れてゆく。その出発前にふと気づく。そういえば、うちにはまだ子ども用の浮き輪がないよな、と。さすがに初めてのプールで浮き輪がないというのは危険だろうし、楽しさも半減するだろう。

そこで僕が習いごとに連れていっているあいだ、妻が近隣の子ども用品を扱っている店に電話をかけまくって、浮き輪の在庫がある店を探してくれた。ところが季節が季節だけに、なかなか見つからない。やっとひとつだけ残り在庫があったのは、最寄りの石神井公園からは西武池袋線で3駅の、ひばりヶ丘にある店だった。

家に帰るなり、僕はひとり、昼食もとらずにひばりヶ丘へ。プールの待ち合わせ時間は午後2時だから、タイムリミットは1時間半ほどだ。大急ぎで向かい、無事浮き輪を確保。娘が最近急速に興味を失い始めているアンパンマンのデザインだけど、まぁ、ないよりはいいだろう。そんなこんなで、約束の時間になんとか、娘とプールに着くことができた。

石神井プールは、まるでリゾートだった。

子ども用の浅いひょうたん形のプールには、すべり台がひとつある。娘たちは大はしゃぎし、何度も何度もそれで遊んでいる。その様子を僕ら大人は「監視」という名目で、浮き輪を枕がわりに、プールに浸かって見守る。その浅いプールがなんというかもう、ジャグジーみたいな快適さなのだ。子ども用プールに大人だけで入るということはできないから、これは今の時期だけの役得とも言える。

入道雲がもくもくと広がる青い空。ギラギラの日差しなんだけど、どこか秋の気配も混ざり始めた空気。快適な温度のプール。そして、心の底から楽しそうな娘たち。まさか近所にこんな楽園があったとは。

その後、娘たちは意外にも水をこわがらず、大人用の深いプールでも遊んだ。ここで浮き輪が大活躍。僕が引っぱったり押したりして足のつかないプールをぐるぐると泳ぎまわっている間、ずっと楽しそうに笑っていて、本当に連れてきてやれて良かったと思った。

1時間半も遊ぶと、こっちの体力も限界だ。娘たちも「あいすたべたい」などと言いだしたので、プール遊びは終了。

Nちゃんとお父さんは、「どこでアイスが食べられるかな?」なんて話している。そこで提案。石神井公園、三宝寺池のほとりの「T島屋」だ。あそこならのんびりできるかもしれません、と伝えると、じゃあ行きましょう！　ということになった。

まずは娘たちにソフトクリームを買ってやり、さて僕らはどうするか。妻は、Nちゃんのお母さんとは以前からＬＩＮＥのやりとりをしていて、確かご夫婦ともにお酒が嫌いでないと聞いたことがある。そこで慎重に探りを入れるような感覚で、「あ、ビールもあるんだ。こういうタイミングでビールってのも……うまそうですよね〜」などと言ってみる。すると、「いいですね！」という反応が返ってきた。

やった〜！　珍しくヘトヘトになるまで体力を使い、また、全身がプールのあと特有の気だるさに包まれた状態で、キンキンのビールを飲むなんて、想像しただけで最高に決まってる。

大人たちは「みそおでん」と「ソーセージ」を頼み、開放的な畳敷きの座敷席に4人で座る。心の底から嬉しそうにソフトクリームを食べているふたりの子どもたち。その横で僕らは、缶ビールを1缶ずつ。

ごくり……ごくり……と大切に飲むそのひと口ひと口が、のどを通ったあと、体じゅうの全細胞にじわーんと行きわたっていくのがわかる。

想像しただけで最高に決まってはいたんだけど、そのうまさは、僕のちっぽけな想像なんてはるかに超えていた。２０２２年の夏の記憶に深く深く刻みこまれる、まさに、奇跡のビールだった。

あぁ、すでに今から、来年の夏が楽しみだな〜。

地元の夏祭りで
プリキュアとかじゃなく
ピカチュウのお面を
選んだ娘

子乗せ電動アシスト自転車がパンクした夜

夕方に仕事を終え、スーパーで買いものをしてから家に向かっていたある日のこと。突然「パシャン！」という破裂音がして、体がガクンと揺れた。乗っていた自転車の後輪がパンクしたようだ。子乗せ電動アシスト自転車「Bikke」。この素晴らしき移動手段を手に入れたのは、約3年前のこと。当時の娘は今よりずっと小さかったこともあり、保育園への送り迎えは、だっこひもかベビーカーでじゅうぶん事足りていた。ただ、小さな子どもとともに近場を移動する手段の近年の主流が、電動アシスト自転車であることは承知していた。

また、うちよりも少し大きいお子さんのいる友達からも聞いていた。「電動自転車、楽ですよ〜。あれ乗っちゃうと、もう普通の自転車には戻れないですよ！」。そういうもんか。遅かれ早かれ、我が家にも導入するときがやってくるのだろう。ならば、がんばって、もう買おう！

夫婦で話し合ってそう結論づけ、突然の閉店の可能性なども少なく、アフターケアも充実しているということで、家からは少し距離のある大手の自転車店でBikkeを購入したのが3年前。その乗り心地といったら確かに、今までの人生で乗ってきたポンコツママチャリとは別次元のものだった。走りだし、ペダルをぐっと踏みこむと、まるで心優しき巨人がうしろからそっと手を添え押し出してくれるかのように、ぐーんと勢いがついて動きだす。そこからはもう、よけいな力など入れずとも、すいーっ、すいーっと、なんのストレスもなく僕をどこへでも連れていってくれる。もはや漕いでいる足は飾りというか、自転車に「漕いでいます」と伝えるためだけに動かしているようなものだ。その感覚はどこかゲームにも近く、まるで画面の景色がにゅるーんとうしろへ移動してゆくFPS（ファーストパーソン・シューティング）ゲームの世界に入りこんでしまったような感覚すらあった。注意に注意を重ねて運転をしなければいけない自動車やバイクとも違うし、キコキコ汗をかきながら漕ぎ続けなければいけないママチャリとも違う。電動アシスト自転車こそが、この世で最高の乗りものなのでは？　と、今でも本気で思っているほどだ。

ところがそいつがパンクして初めて実感したのだけれど、子乗せ電動アシスト自転車って、車体がやたら重い。それはもう、普通のママチャリの5倍、いや、10倍はあるんじゃないかというくらい。近所のスーパーから徒歩ほんの数分の距離を押して帰るのが、まずものすごい苦行だ。たとえて言うなら、『ＡＫＩＲＡ』に出てくる金田正太郎が乗ってる真っ赤なバイク。あれがエンストして、押して帰らざるをえないような。

しかしまぁ、しかたないので押して帰った。やっと家に帰りつき、以降のことをあらためて考える。まず、妻はまだ仕事先から帰宅中だから、僕が保育園に娘を迎えに行かなければいけない。これはまぁ、歩きで行くしかない。それはいい。それよりも自転車だ。どう考えても、修理が必要だろう。が、自動車と違って、電話でＪＡＦを呼んでどうこうみたいなことはできない。えっちらおっちらと買った店まで押していってお願いするほかないだろう。ここでさっきの「突然の閉店の可能性なども少なく、アフターケアも充実している」という理由で自転車屋を選んだことがあだになる。はっきり言って、遠いのだ。家から普通に歩いて、20分以上はかかるだろうか。その距離を金田のバイクを押して歩いていくって、けっこうなおおごとだ。しかし、自転車は明日からもまた使いたい。行かないわけにはいかないだろう。

僕はすぐに自転車店に電話をした。これこれこういう理由で、パンク修理をしてほしいと。すると店員さんが言う。

「すみません。修理の申し込みが重なっていて、今持ってきていただいても、早くて明日の夕方になってしまいます。あ、もしよろしければ、子乗せ電動タイプの代替車が1台あるので、お貸しすることもできますよ」

あぁ、やっぱりこの店で自転車を買って良かった。遠いけど良かった。今すぐに乗れるように直してもらうということはできないようだけど、代替車を貸してもらえるという心遣いがありがたいじゃないか。僕は「それでお願いします！」と伝え、徒歩で娘のお迎えに行き、ちょうど帰ってきた妻に、あとの家のことすべてを任せ、自転車店へと向かった。

両手でハンドルを持ち、前傾姿勢で自転車を押しながら歩く。パンクしたタイヤが1回転するごとに、がしゃん、がしゃんと大げさな音をたて、僕の両腕に刺激を伝える。なんの音なんだこれは。あんなにも快適な乗りものだったはずなのに、この重さはなんなんだ。まるで田んぼの泥のなかを歩いているようだ。辛い……疲れた……。うわ、おまけに小雨まで降ってきた。嫌だなぁ。本降りになったら泣くぞ、おれは確実に。「泣きっ面に蜂」とはまさにこのことだ。今ならそのことわざを考えた奴の気持ちがわかるし、きっと友達になれる。泣きっ面に蜂……いやいや、ちょっと待って。よく考えるとその状況、なにか辛くて悲しいことがあって泣いていたら、さらに蜂に刺されるってことだよね？　さすがにきつすぎるわ。前言撤回。やっぱりそんな容赦ないことを発想できる奴とは、友達になれないわ……。

と、疲れすぎてもはやよくわからない思考のループにハマりつつ、小一時間かけ、やっと自転車店に到着し、心優しき店員さんに修理の依頼ができたのだった。

貸してもらった代替車はPanasonic製で、Bikkeとはまた違うけれども、やはり素晴らしい乗り心地だった。さっきまでひぃひぃ言いながら歩いていたことが嘘のように、ひと漕ぎでびゅーんと進む。スイスイスイ、グイーン！　やっぱり電動アシスト自転車はこの世で最高の乗りものだ！パンクさえしなければ！

のどもと過ぎればなんとやらというやつで、すっかりやさぐれた気持ちも消え去り、そしてふと思い出す。今が夜の8時近く。そういえば、今日はまだ夕飯を食べていないじゃないかと。妻には「どのくらい時間がかかるかわからないから、おれのことは気にせず、ぼこちゃんとふたりでごはんを食べて、なんなら寝ちゃってて」と伝えてある。つまりこれは、突然の「ボーナス〝酒〟チャンス」じゃないか！

気づいた瞬間、目に飛びこんできた一軒の店があった。看板はないが、小さな民家の1階部分を改装して営業しているような飲食店で、入り口に「酒」という赤提灯がぶらさがっているから、きっと居酒屋だろう。おもしろいのはその横ののれんで、真っ白の無地。つまり、外観からはメニュー構成はおろか、店名すらもわからない。この謎感、酒場ライター魂がうずくじゃないか。

思えばここ数年、妻の妊娠、出産、子育て、それからさらにコロナ禍まで重なって、こういうよくわからない店に前情報なしにひとりで飛びこんでみるという、僕がいちばん好きな遊びをする機会が激減していた。と考えれば、パンクも悪くなかった。むしろ、お酒の神様がくれたチャンスなのかもしれない。迷わず、その店に入ってみることにした。

一見(いちげん)客の僕がドアを開けても驚かれるようなこともなく、気持ちよく迎えてくれる明るい女将さん。壁側にカウンターが数席、テーブルが数席の小さな店。建物は建て替えられてからそう年数が経っていないのか、ものすごくきれいだ。ご夫婦で営む店のようで、3名ほどの先輩がたが飲んでいて、みな気心の知れた常連のよう。

さっそく生ビールを頼み、ごくごくとのどを潤す。泣きっ面にビール。うまくないはずがない。

続いて出てきたお通しが最高だった。3つに仕切られた横長の小皿に、レバー煮、きゅうりとわかめの酢のもの、それから、ピンクグレープフルーツ3切れ。もう一度言うけど、ピンクグレープフルーツ3切れ！　……これだから酒場めぐりはやめられないんだよな。

つまみに「本日のおすすめ」というボードにあった「ホルモン 辛口」というのを頼んでみる。すると、「辛いの大丈夫?」とご主人。「えぇ、大好物です」と返すと、しばし後、たっぷりの豚もつと玉ねぎを炒め合わせた料理が到着した。これがふわふわとした食感で、くさみなどまったくない絶品。うまいうまいと喜んで食べていると、ご主人がふたたび聞く。

「お兄さん、辛くない？　大丈夫？」

「えぇ、大丈夫です。すごく美味しいです！」

「そうか……じゃあ、これ食べてみて」

そう言ってホルモンの皿にぽとりと追加されたのは、ホルモンと同じ味つけで炒められた、1本の青唐辛子。サービスなのだろうか。「ありがとうございます」と伝え、ひとかじりしてみる。

すると……なんだこれ、辛っ！　辛すぎる！　かれ〜！　痛い痛い痛い！　こんなに辛い唐辛子、ある？　ってレベルだ。なんなんだ、辛口のホルモン炒めを「大丈夫」と言って食べたのが、ご主人の気にさわった？

と、よくわからないけれども、これぞ酒場の楽しさ！　という体験を久々にできて大満足。なんだかんだで、思い出に残るいい一日になった。

酒を飲んでしまったので自転車では帰れないけれど、パンクしてない自転車を押して帰るなど、もはや散歩。幸い雨もやみ、心地よい秋の空気を感じつつ、ほろ酔い気分で帰路についたのだった。

究極にだらしない姿勢で
アニメ鑑賞中

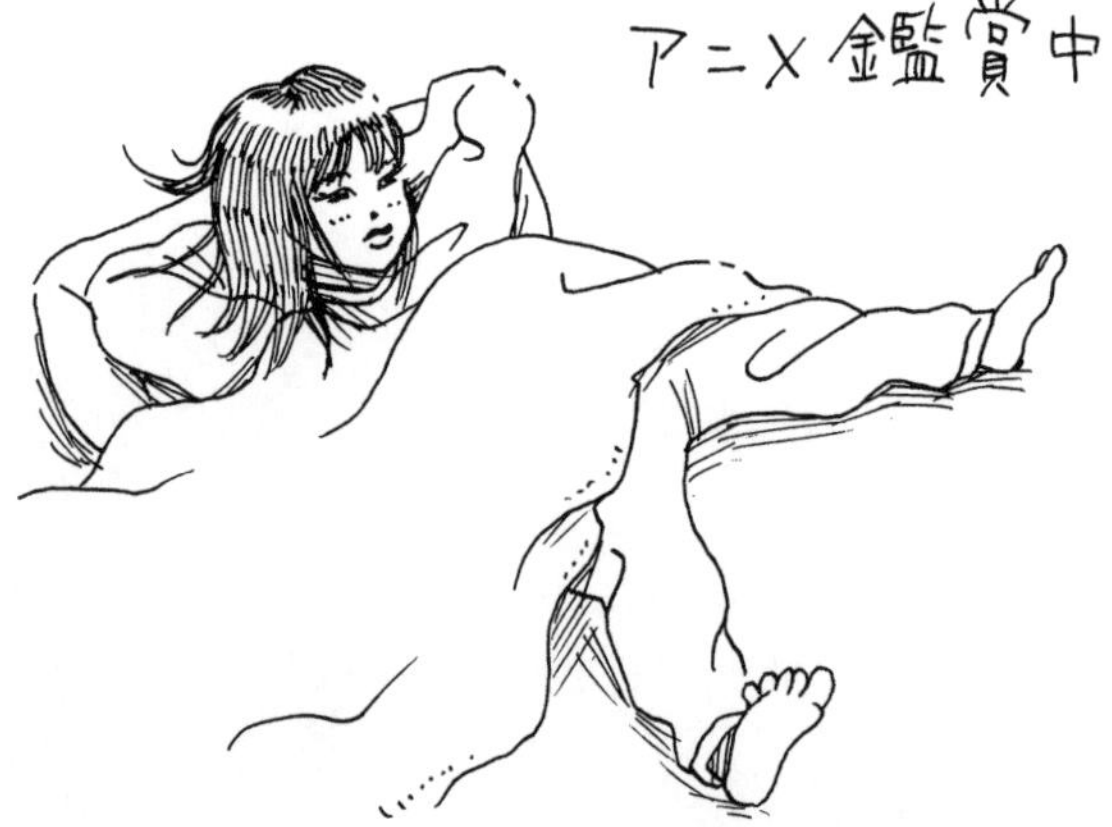

第3章

妻が妊婦だったころ

インプットの時間が足りない問題

娘が古いポケモンのアニメにハマりまくっている。きっかけはわからないけれど、登録している配信サービスに大量にある動画を、かたっぱしから見ては大興奮。最近は、「ぼこちゃんのしってるポケモンはね〜、これとこれと〜」なんて話しだすと、あまりに数が膨大で、その記憶力にこちらが驚く。ちなみに、いちばん好きなポケモンは「ライチュウ」らしい。

先日、妻が出かけて僕が娘を見ていることになった休日も、娘はポケモンのアニメを見たがった。しかも、最初のシリーズの話はいったん見つくしてしまったようで、そのなかからピンポイントで「ピカチュウのもり」という話が見たいとリクエストされた。そこで検索し、TVで再生する。これで30分弱、僕も自分のことができる。ここぞとばかり、たまったメールの返信などをしていた。

しばらくしてふと娘を見ると、顔をくしゃくしゃにして、今にも涙がこぼれおちそうに目を潤ませている。あわてて、「ぼこちゃん、どうしたの、なにかあった？」と聞くが、娘は「ううん」と顔を横に振り、まっすぐにTVを見ている。そこでやっと状況を把握したんだけど、このピカチュウのもりという話、主人公のサトシとその相棒のピカチュウが、あわやお別れをしてしまうというような、いわゆる泣ける話らしいのだ。

数年前まではアニメで映像が動いているというだけで大喜びしていた娘も、こういうストーリーに感動するようになったんだと、僕はそのことに感動してしまった。ただ、その姿をあまり茶化すようなこともよくないだろう。ふたたび作業に戻りつつ、その後はあえて、娘のほうはあまり見ないようにしていた。

やがて動画が終わり、娘に「おもしろかった？」と聞くと、けっきょく話はハッピーエンドだったようで、嬉しそうに「うん！」と言う。ただ、そのあとに続けて言った言葉には、思いっきりずっこけてしまった。

「パパ、つぎは『さよならフシギダネ』がみたい！」（※正式タイトルは『さよならフシギダネ！オーキドてぃのぼうけん!!』）

いやいや、タイトルからして、たぶんそれも泣ける系のやつだよね？　落語の「まんじゅうこわい」じゃないんだから！　と。

5歳にして、感動するアニメを見ることで心のデトックスでもしているのだろうか。

そんなことだから、最近は自分の見たいTV番組を見る時間もめっきり減ってしまった。

そもそも僕は昔からTVっ子。好きなお笑い番組などを見ながら酒を飲むことこそが、自宅で過ごす時間における最高の癒しだった。が、子育てというのはやたらと時間がかかるもので、録画をしても動画は消化できずにたまる一方。けっきょく見られないので、予約の候補はどんどん減ってゆき、現在の我が家のHDレコーダーの動画リストは、最終的に残った、尊敬する居酒屋研究家・太田和彦先生の番組と『プリキュア』だけが交互に並んでいるというよくわからない状態になっている。

そもそも、人生には「インプット」が大切だとよく言われる。ライターなんて職業をしていればなおさらで、TVを見、映画を見、音楽を聴き、そして本を読んでこそなんぼ。そのインプットがなければ、書くネタも枯渇してしまうというイメージが強いし、実際そう思う。ただ、子育てとインプットの両立というのは、相当に難易度が高い。よく、若いころはバンド活動にあけくれていた人が、子どもができたことをきっかけにフェードアウトしてしまうなんて話があるが、それは本当に無理のないことなのだ。

そういう意味でここ数年の僕は、自分には圧倒的にインプットが足りていないという、焦りにも近い気持ちを抱き続けていた。日々仕事の締め切りに追われて満足に本も読めず、映画を見たり、ライブイベントに気軽に行ったりすることもなかなかできず、朝夕の時間は、娘が見たいTV番組や動画が中心になる。きっと、「わかるわかる」と感じてくれる子育て中の方も多いだろう。

ただ、それでも僕は、こうして今も、なんとか原稿を書くことができている。それはなぜかと考えたときに、ふと気がついた。この連載のテーマである「酒と子育て」。それこそが、現在の僕におけるインプットなのだと。

昔勤めていたの会社の同僚で、当時はよく一緒に酒を飲み、今は2児の母となった女性がいる。彼女がこの連載を読んで久々に連絡をくれ、その内容に、目から鱗が落ちる思いがした。

「子どもが意味のわからないことではしゃいでるのって、酒飲みながら相手するくらいがちょうどいいんだよね～」

なるほど。かつての僕は好きなTV番組を見ながら晩酌をしていたけど、よく考えれば、娘が楽しそうにはしゃいでいる姿を見ているほうがさらにおもしろいし、飽きないし、しかもそれは、人生のなかで今しか味わえない貴重な時間じゃないかと。それこそが現在の僕にとってのインプットじゃないかと。実際、そのことをネタに、このような原稿を書いているわけだし。

酒に関してもそうだ。いくらインプットの時間が足りないと言ったって、酒を飲む楽しみをがまんしてまでその時間を作るという選択肢は、僕にはない。偉そうに宣言することじゃないのは重々承知のうえで、ない。さっきも言ったように、近年の僕はそのことに焦りを感じていたんだけど、よく考えてみたら、僕の仕事はず～っと、愉快に酒を飲んではその感想を原稿に書いているだけ。と、考えれば、本とか映画とか音楽の比じゃなく、酒というインプットがなければ、これはもう致命的に仕事にならないというわけだ。

なんとも不思議な状況だよなぁと思うけど、同時に、恵まれているとも思う。だって今、人生でいちばん好きなことがそのまま仕事の糧になってるんだもん。そして勇気も湧いてきた。生活のためにも、酒というインプットは、胸を張って継続していかなければならないのだと。

あらためて、子どもの言動というのは常に予想がつかず、本気でおもしろい。どんなお笑い番組を見るよりもずっと笑える。ただ、そう感じられるような時期というのは、きっとあとほんの数年のことだろう。その間を貴重なインプットの時間と考え、酒と子育ての両立を楽しんでいけたらと思う。

ピクニックあれこれ

コロナの影響で、多感な時期の娘を、旅行にもイベントごとにも、とにかく連れていってやれない期間が約3年弱も続いた。保育園のクラスメイトとの友達づきあいにしてもそうで、娘ももう5歳。通常なら仲のいい友達と家族一緒にどこかへ出かけたり、お互いの家に遊びに行ったり、お泊まりをしたり、なんてこともあったのだろうが、一切できなかった。

しかしここ最近は、世間も「さすがにそろそろ……」というムードになってきたように感じる。もちろん、脅威はまだまだ残っているし、感染者数もまた増えだしている。嫌になる。けれども、じゅうぶんな対策をとったうえで、子どもたちに今ならではの経験、体験をさせてやりたいという考えが、保育園の父兄たちの間にも広がってきているようだ。もちろん、なにも考えずに居酒屋で宴会をするなんて話ではなくて、主に、屋外で遊ぶ場合においては。

この11月には、地元石神井公園にある野外ステージ広場で、久々に「森のJAZZ祭」というイベントが開催された。午前11時から午後3時まで、多数のジャズミュージシャンが無料ライブをし、地元飲食店による出店などもある、石神井の一大イベント。コロナの影響で中止や規模縮小などを経て、久々に野外ステージ広場での開催だ。

もちろん僕もこのイベントが大好き。しかも、ステージ前の客席ではなく、ライブの音がちょうど漏れ聞こえるくらいの位置にあるテーブル&ベンチ席を朝から確保して、そこで気ままに、友人たちと宴会をやるのが定番だ。

今年も家がそう遠くないエリアの飲み友達にお声がけしてみたところ、漫画『酒のほそ道』の作者であり、日本屈指のジャズファン、ラズウェル細木先生と、ミュージシャンのディスク百合おんさんが来てくれた。それから、「プールとビール」の回にも登場した娘の友達、Nちゃん一家。Nちゃんには最近弟が生まれ、現地で偶然会った妻の友達なども加わり、その時点で大所帯だ。

ラズウェル先生と百合おんさん、そこにNちゃんのお父さんらが加わった不思議なメンバーで、昼間っから酒を飲む。天気も良く、遠くからはジャズの調べ。なんと心地良い時間だろうか。

ところで、僕は家が近所ということもあり、テーブル席の周囲に配置するためのレジャーシートやポップアップテントを、アウトドア用の大きなカートに入れて持参した。すると案の定、娘とNちゃんがそのカートに乗りたがる。疲れるけど、お願いを聞いてやらないわけにもいかない。「1周だけね」なんて言いながら、カートを引っぱって周囲を散策していたときのこと。突然前方から「パリさん！」という声がする。見ると、これまた近所に住んでいて、若かりしころはともに飲んだくれ、今は一児の母となったRさんが、お子さんのSくんと散歩をしていた。たまに会うたびにどんどん大きくなって、なんともう小学生だそう。「お〜、久しぶり！　今あっちでみんなで飲んでるから、よかったら寄ってけば？」。現場は、さらにカオスな面々に。

Sくんは目下、恐竜にどハマり中らしく、飽きずにずっと恐竜のまねをしている。しかもそれが「がお〜！」みたいな生やさしいもんじゃなくて、映画『ジュラシック・パーク』に出てきた「ヴェロキラプトル」の感じっていうんだろうか。「フシュー……ギ、ギ、ギ……ガルルル」と、妙にリアルなのだ。Sくんが恐竜を演じながら、我々の座っているテーブルの周囲を旋回する。我々も、変わらずバカ話をしつつも、「あれ？　どこかに恐竜がいるぞ？」とのってあげる。するとSくんも絶好調となり、たまにランダムなタイミングで、座っている大人の背後に近づき、「ギャオ〜ッ！」と雄叫びをあげるのだ。しかもその対象になるのが、なぜかやたらとラズウェル先生の確率が高く、漫画界の大御所が、そのたびに「ひぃ〜、こわい〜！」などと言っている。その様子がもう、おかしくてたまらなかった。

人生のいろいろな時期に出会った友人知人たちが、時代のレイヤーを無視して一堂に会し、酒を飲んだり、気ままに遊んだりと、自由に過ごしている。その空気感は、まるであの世みたいだ。人間それなりに長く生きていると、こういう楽しいことも起こるんだなぁと、予測不能な時間を、しみじみと味わった。

また別の日。保育園のクラスメイトとそのパパママたちが、休日に予定を合わせて遊ぶという機会があった。しかもそれが、かつてない大規模で、娘を含めて女の子が４人、男の子が２人、そこに兄弟姉妹や、我々父母など、来られる人が気ままに集まり、最終的には15人以上になっただろうか。もちろん、園外で会うのは初めてな人のほうが多い。

こういうご時世だから、親たちが親しくなる速度はゆっくりではあるものの、それでも、顔見知りになった母親どうしがLINEを交換して、みたいなことはあるようで、今回はそれが数珠（じゅず）つなぎになったようだ。偶然でも、我が家まで届いてくれたことがありがたかった。

コースは、まず地元の畑のイベントで、午前10時からの野菜の収穫体験。さすが練馬区というか、広大な畑にいろいろな種類の野菜が植えられていて、ところどころにいる作業員さんに教わりながら、好きな野菜を収穫できる。しかも、参加費はかからず、野菜はたとえば、大根や白菜ならひとつで、かぶなら4つで、と単位が決められており、それが一律200円というんだからありがたい。

よく晴れた畑のなかを子どもたちがかけまわり、「これがいちばんおおきい！」なんて言いながら、かぶや大根を引き抜いている様子を見守るのは、なんとも言えない幸福感がある。それに、少しでも新しい経験をさせてやれたという充足感のようなものもある。

ただ、元気がありあまっている子どもたちの相手はやっぱり疲れるし、最終的に1000円ぶんの野菜で、念のため持っていった45リットルのビニール袋がいっぱいになってしまった。それを自転車のカゴに詰め、シートに娘をのせて帰るのは、さすがにけっこうな苦行だった。

野菜を持っていったん解散したら、昼の12時からはふたたび同じメンバーが石神井公園に集まり、6家族合同ピクニック。

実は今回の本題は、ここからと言っても過言ではない。というのも、そういった子どもたちがいる場での集まりって、たとえピクニックであっても、〝ノンアルコール〟ベースなのだ。

いや、すでに何度か遊んでいるNちゃん一家と会うときや、JAZZ祭りのような例外はあるが、こういう、若干手探り感のある会の場合、それが基本。暗黙の了解。以前、飲み友達で育児の先輩であるスズキナオさんが、「パリッコさん知ってます？　小学校の運動会って、酒の持ち込み禁止なんですよ。あんなに酒に合いそうな催しなのに！」と言っていて笑ったことがあったが、今、まさに自分がそういう状況にいるというわけ。

メンバーのなかにノンアルコールビールを持ってきていたお父さんがいて、「いいな〜、僕も持ってくればよかったっす」と言ったら、そこに別のお母さんが、「おふたりはお酒、お好きなんですか？」なんて加わってきて、あきらかにその方も嫌いじゃない雰囲気だ。というかもしかしたら、僕と同じように「あぁ、今、缶ビールの一杯でもいいから飲めたらなぁ」なんて思っていた人も、意外と多くいたのかもしれない。が、とにかく今は探り探り。ゆっくり、一歩一歩、酒に向かって前進していくしかない。

それでも子どもたちが芝生で大はしゃぎし、その様子を眺めつつ、ふだんはなかなか話す機会もないパパママさんたちとのんびり過ごす時間は、とても良いものだった。

家に帰り、ちょうど作ってあった豚の角煮に、娘が採ってきた大根を角切りにして加えた。それから、数少ない娘の食べられる野菜料理で、保育園で出て気に入ったという「麻婆大根」（大根の角切りとひき肉を炒めて、だし醬油などで味つけしてとろみをつけるだけ）も作った。試しに食べてみると、採りたてだからか、それとも思い入れ補整があるからなのか、大根がびっくりするくらいとろとろで甘い。それをつまみに、ついにのどに流し込めたキンキンのビールが、日中の外遊びでヘトヘトになった僕の全身に沁みわたったことは、言うまでもない。

とんでもない量の

野菜…

酒場ライターと子育て

最近、WEBや雑誌での定期連載が少し前よりも増えてきたこともあり、それに加えてこの連載が始まったものだから、人からこんなふうに声をかけてもらう機会が増えた。

「最近忙しそうですね。仕事をして、子育てにも協力して、一体いつ酒を飲んでるんですか？」

大変ありがたいことだ。ただ、その問いに対しては、明快な答えがある。確かに、世の中には僕よりもずっと忙しく働いていて、それに子育ての時間が加わろうものなら、酒を飲んでいるヒマなんてないという方も多いことだろう。ところが僕の仕事は、世にあまたある職業の絶対数からするとかなり珍しい部類に入る、酒や酒場についてを専門に書く「酒場ライター」。酒を飲むことも大切な仕事。つまり、先ほどの問いに対して答えるならば、「仕事中です」というわけだ。

だって、たとえば編集さんから「『○○』という居酒屋を取材して、○月○までに原稿を提出してください」という依頼を受けたとする。当然、その店へ行く。そこで、自分がまず心の底から酒やつまみを楽しまないで、「あ〜美味しかった」なんて記事を書いたところで、説得力など生まれないだろう。

もしくは「テーマは自由なので、とにかく毎回『お酒の楽しみ』にまつわる原稿を書いてください」というような連載。これなどは、日々あわただしく仕事に追われつつも、「やばい、今週の締め切り、もう明日だ！　急いで酒を飲まないと！」という、もはや一休さんのとんちのような状況になってくるわけだ。

と、偉そうに「どうです？　大変そうでしょう？」なんてテンションで書きだしてはみたものの、実際の酒場取材の現場では、つい仕事のことも忘れて楽しんでしまうし、明日が締め切りと言われなくても、勝手に酒は飲むんだけど。まぁとにかく、僕の場合は、なによりも好きな酒が、仕事でも飲めることが大きいという話。

そこで今回は、世にも珍しい酒場ライターの、とある一日について書いてみようと思う。もちろん、毎日こんなにスムーズに事が運ぶことはなく、あくまで「理想的な一日のスケジュール」ではあるけれど。

僕は、超朝型人間。夕方以降は難しいことは考えられないし、そもそも酒も飲んでいる。ぜひ、仕事の電話などはそれ以外の時間にしていただきたい。そのかわり、朝は早い。前日に深酒などしていなければ、たいていは5時に起きる。大きな原稿の締め切りが迫っていたりしたら、それが4時、3時とどんどん早くなるが、さすがに眠いので、ベストは5時だ。娘が起きるのが7時前（最近はポケモンのアニメにハマりすぎ、朝ごはんの前に1話だけでも動画を見たいというから、6時半に起きるようになった)。なので、それまでの約2時間弱が、僕が一日でもっとも仕事に集中できる時間。そこで原稿を1本上げられたら、かなりいい滑り出しだ。

続いて朝の子育てターン。起きてきた娘にポケモンを見せてやりつつ、妻が保育園の荷物の準備などを、僕が娘の朝食作りを、というパターンが多い。

近ごろの娘のお気に入りは「しおしょうゆとろたまごごはん」で、これは、ほんのひとふりの塩と水少々を加えてとろとろめに焼き上げたオムレツを、丼に盛ったごはんの上にのせる。そこにだし醤油をこれまたほんの少しかけて、全体をざっくり混ぜて食べるというメニュー。おかげで最近、オムレツを焼く腕がめきめきと上がっている。その他、ハム玉子サンドやパンケーキなどを作ってやることも多く、本当は野菜のおかずなども食べてほしいものの、朝はこちらも余裕がなかったりで、なかなか難しいのは悩みのひとつ。

それから僕か妻が、娘の着替えや歯みがきを手伝ってやり、保育園へ連れていく。保育園への送り迎えは、「行けるほうが行く」ということになっており、妻は勤めに出ているので、どちらかといえば僕が行くことが多い。

朝のあれこれが落ち着くのが8時半ごろで、そこからは再び仕事のターン。地元に借りている小さな仕事場へ、散歩がてら歩いて向かい、数時間はまじめに原稿を書いたりする。

ちなみに僕は、朝食はとらない。朝食べないと元気が出ないとか、体に良くないという話も聞くけれど、むしろ眠くなって頭が回らないし、体もすっきりした状態で午前中を過ごせる気がして、自分には向いているようだ。昼すぎくらいにはさすがにお腹が減ってくるが、サンドイッチなどの軽食か、スープやお茶だけで済ませてしまうことも多い。そもそも、原稿に夢中になっていると、あっという間に時間が過ぎてしまうので。

そうやってひたすら仕事をして、午後2時ごろには、さすがにもう頭が回転しなくなる。急ぎの締め切りが残っていない限り、もう原稿仕事は終了。いよいよ真の自由時間、酒のターンだ！

早いと思われるかもしれないが、考えてもみてほしい。早朝から仕事を始めていたことを考えると、この時点ですでに7時間くらいは働いている。出勤退勤時間の決まっている社会人の方とはスケジュール感がずれるが、僕にとってはすでに夕方なのだ。

しかも、ただ「はいおつかれ〜！」なんつって、何も考えずに酒を飲むわけではない。常に「今後の原稿のネタに困らないよう」という頭がある。なので、気になっている店に昼飲みに行ってみたり、「今日は○○飲みをしてみよう」などと、ひとつのテーマを設け、それに即した酒とつまみを用意したり、実験レシピの試作や、コンビニ各社の同じ料理をひたすら食べ比べたり。その時間がないとすぐにネタが枯渇してしまという意味で、これもまた立派な仕事なのだ。そう考えると、かなり勤勉な人物であるとは言えないでしょうか？　僕。

その酒ターンに真面目に取り組んだら、夕飯の食材の買いものなどに行く。スーパーへ行くのも大好きなので、妻に「なにかいるものある？」などとＬＩＮＥをし、わりと積極的に行く。保育園のお迎えを自分が担当する日は、酒は1杯くらいにとどめておいて、その後しばらく昼寝をし、酔いを冷ましてから向かう。それが夕方の5時すぎくらい。

書いていて自分でも目まぐるしいなと思うけど、そこからはまた、育児&家族の時間ターン、プラス、酒のターンだ。

夕飯は、これまた妻か僕、作れるほうが作る。僕が買って出ることも多い。「仕事をして帰ってきたあとに夕食まで作るなんて偉い!」と思われる方がいるかもしれないし、そう思われることはやぶさかではない。ほめたければぜひ、遠慮せずにほめていただきたい。が、僕は料理が趣味だし、また、それが今後の仕事のヒントになったりもするので、はっきり言ってもう、単なるごほうびタイム、息抜きの時間なのだ。

そして家族での夕食。例の早めの夕方の酒タイムに、けっこうがっつりと食べてしまっていることも多いから、僕は主食はとらず、おかずをつまみに晩酌する。妻や娘とたわいもない会話をしながら、幼い時期の子どもならではの、予想もつかない言動に笑ったりしながら。一日のうちでいちばん、心落ち着く時間かもしれない。

あとはもう、妻か僕が娘を風呂に入れ、寝る支度をして寝るだけだ。それが夜の9時か10時くらい。よく、いつもそのくらいの時間に寝ていると言うと、人から「めちゃくちゃ早いですね!」と驚かれることがあるが、誰がなんと言おうと、その時間にはもう完全に眠いのだ。

以上、自分で書いていてうっとりするほどに理想的な一日のスケジュールではあるけれど、やっぱり、そううまく事が運ぶ日ってなかなかないんだよな。昨日なんて、朝の10時から夜の9時くらいまで、いろんな媒体の取材や撮影で、あっちこっちの酒場を5軒回っただけで終わってしまった。当然、娘のことは丸一日すべて妻に任せて。そしてまた当然、帰り道はへろへろだった。

家族と会えなかった10日間

ついに自分も感染者になってしまった。もちろん、いまだ脅威の消えないあのウイルスの、だ。

と言ってもしばらく前のことで、発症は8月の中旬。第7波が猛威をふるい、僕の住む東京都では、一日の感染者が3万人オーバーの日もあった時期だ。もちろん、対策はしていた。どこへ行くにもマスクをし、アルコールハンドスプレーを持ち歩き、公共のものに触ったらすぐに消毒をして、手洗いもこまめにしていた。それでもかかってしまうのだから、ウイルスの感染力おそるべしだ。この2年半ほど、いろいろなことをがまんしながら生きてきたのにと思うと、なんだかすごく虚しい気持ちにもなったが、しかたない。

ある朝、起きるとなんだか喉が痛かった。空気が乾燥している冬場ならいざ知らず、体は丈夫なほうの自分にしては珍しいなと思いつつも、熱はない。他に異常もないから、しばらくはいつもどおり仕事をしていた。が、そのうちにどんどん具合が悪くなってくる。ゾクゾクと寒気がしだし、熱を計ってみると39度を超えていた。これはまずいと思い、妻に状況を伝え、「少し休んでるわ」

と、ひとまず自室に閉じこもっていた。そのあいだ、妻はあちこちに問い合わせ、当日に検査をしてくれる病院を見つけて予約してくれた。

夕方、自転車で病院へ行く。それだけで相当きつい。先生に「かなり疑わしい症状なので、すぐに結果の出る抗原検査をしてみましょう」と言われ、検査を受け、念のため家には帰らず、仕事場に行ってひたすら寝ていた。ちょうどその数日前、仮眠ができるようにと簡易的なふとんセットを買っていたのもタイミングが良かった。

その日のうちに連絡が来て、結果は「陽性」。あぁついに……とは思ったが、絶望感よりも今は体調が辛い。食事もとらず、ただひたすらに眠り続けた。

翌日の夕方ごろ、何度目かの睡眠からぼんやりと目を覚ますと、体がずいぶん楽になっている。熱も37度台前半にまで下がっている。やっと食欲が出て、仕事場にあったアルミ鍋うどんに玉子を落として食べた。あぁ、こんなにもうまい食事がこの世にあったとは……。

それから、ユニットバスに湯をため、風呂に入った。仕事場では風呂を使うこともないなと思って、アウトドア用の椅子やテントなどの物置にしてしまっていたが、この小さな風呂が使えることのありがたみを、そのとき初めて噛み締めた。

妻子もすぐに検査を受けたが、ほっとしたことに結果は陰性。一緒に暮らしていても、そういうことはあるんだな。が、濃厚接触者ということで、しばらくはふたりも外出できない。つまり、家のこと、娘のこと、すべてを妻に任せる日々となる。子育ての大変さは身に染みているから、それが申し訳なさすぎ、ちょこちょことＬＩＮＥで連絡を取り合うと、妻は「こっちのことは大丈夫！」と絵文字入りで返してくれたりして、本当に頼もしく、ありがたかった。

その日の夜、またふとんに入り、寝てばかりいたから眠気もあまりなく、突然、猛烈な寂しさにおそわれた。体調はもうだいぶいい。それなのに、今夜はまだこの生活の2泊目で、その先、8泊もこの小さな部屋から外に出られず、家族に会えないのだ。果てしないな……と呆然とする。娘の、この世にあるもののなかでいちばんすべすべのほっぺたや、柔らかい手に触れることもできないし、頭をなで、そっと髪の毛の香りをかぐこともできない。何気ないそんな行為が、どれだけ幸せだったかを実感した。

そしてまた、寝泊まりすることは想定していなかったので、仕事場には薄いレースのカーテンしかつけていなかった。なので、日が暮れるとごく小さな間接照明しかつけられない。その薄暗さがなんだかこたえた。気が滅入る。そんなことを妻に愚痴ると、「カーテン買えばいいんじゃない？」と言われ、天才か！　と思った。すぐにAmazonで手頃なカーテンを注文すると、届いてからの夜の快適度は段違いだった。とにかく、いつも当たり前だったさまざまなことのありがたみを感じる日々。

妻によると娘は「おうちにぱぱがいなくてさみしい。はやくげんきになってほしい」と言っているという。それを聞き、胸が締めつけられる。それでも今はできることがない。そのもどかしさ。

3日目には熱も下がり、すっかりいつもの体調に戻っていた。買いものは、西友のネットスーパーとAmazonがあるから不自由しなかった。どちらも届いたら、「ドアの前に置いておいてください」と伝えれば配達員さんに直接会わずに済む。なんとありがたい時代だろうか。

仕事も、あわてていてノートPCを家に置いてきてしまったのは痛かったけれど、仕事場用のPCでどうにかこうにかこなすことができた。幸いなことに連載用のネタのストックが少しばかりあったから、原稿を落とすこともなかった。

それから数日間は、ただ粛々と過ごすのみ。子育てにまつわる作業あれこれが、どれだけ膨大だったかをあらためて実感するくらい、時間的な余裕はあった。早朝に目を覚まし、軽く体操などをして、仕事を始める。夕方前にはすっかり落ち着いてしまい、長く「時間ができたらやらなきゃな」と思っていたデータの整理などもできたし、なんだかごちゃごちゃしていた頭の中のリセット期間のようでもあった。

驚くべきは人間の適応能力で、2日目の夜、あんなにも寂しかったのに、数日でなんだか、この生活に慣れ始めてしまっている自分に気がついた。家族と離れて単身赴任なんて、僕には考えられないけれど、もしもそうなったらなったで、きっとその生活も送れてしまうんだろうな。そのことが、なんだか無性に虚しく、そして、あらためて家族といられる日常のありがたさを思った。

陰性だった妻子の自宅待機期間が先に明け、妻が作ったおかずあれこれを、仕事場まで何度か届けてくれた。もちろん対面はできないのでドアノブにかけて。娘の好物のからあげや、玉子を油揚げに入れて煮た袋煮や、にんじんしりしり。ブロッコリー入りの玉子サラダに、自家製の青唐辛子の醤油漬けまで。

その際はもちろん、子乗せ自転車で、娘と一緒に来てくれた。僕の仕事場は1階にあるので、久しぶりに、窓越しではあるけれど、ふたりの顔を直接見ることができた。娘は想像以上に元気で、仕事場のロフトへ続く階段を見て、「それベッド？　ベッド？」などとニコニコしている。よかった。とにもかくにも、妻に感謝の日々。

娘は、家族3人が海で遊んでいる絵を描いて持ってきてくれた。つい2年くらい前までは、画用紙に顔っぽいものが描けただけで「ぽこちゃん、上手だね！」なんて驚いていたのに、もうこんなにも表情豊かで細かい絵が描けるようになっている。子どもって、本当にすごい。

その夜、久々に妻の手料理を食べる。レンジがないから冷たいままだが、ここ数日、レトルト粥みたいなものばかり食べていたから、そのあまりのうまさに、心身の欠けていたパーツが満たされてゆくような感覚を覚えた。あぁ、これだよ、食事って……。そしてふと、酒のことを思い出す。そういえばここ数日、あんなに大好きだった酒を飲んでいないし、飲みたいとも思わなかった。やっぱり酒って嗜好品で、気分次第では不要なこともあるんだな。

が、突然思い出したわけだ。うまいものと一緒に酒を飲まないなんて、この生活に入る前の僕ならありえなかったことだ。体調もすっかり回復してから数日が経っているし、仕事場の冷蔵庫には缶チューハイが数本冷えている。そろそろいいだろう。そこでぷしゅりと缶を開け、久しぶりの酒をごくごく。ふぅ〜……。うん、なんだろう。夢にまで見た！　という感じではない。自分でも驚くほどに平常心だ。けれどもやっぱり美味しくはあって、なにより心がほっと落ち着く。やっぱり、酒は僕の人生にとって必要不可欠な、相棒のような存在だなと、強く感じた。

10日間の隔離期間を終えた早朝。僕はついに仕事場を出て、自宅へと向かった。夏の朝のむわりとした外気、しばらく忘れていた蟬の声、ダイナミックな入道雲。ドアを一歩出たとたん、それらの情報がいっせいに僕の五感を刺激し、鳥肌が立った。なんの変哲もない住宅街を歩いているだけなのに、泣きそうになった。

家に着くと妻が起きて待っていてくれ、娘はまだ寝ていた。よく手を洗って清潔な服に着替え、寝室へ行く。娘の頭やほっぺたをなでながら、「ぽこちゃん、おはよう」と声をかける。ゆっくりと目を開け、目の前に僕がいることを確認し、ずっといろいろとがまんしていたんだろう。「パパ！」と言いながら僕に抱きつき、大泣きし始める……なんていうドラマチックな展開は、特に待っていなかった。

目を覚ました娘はにやにやしながら「パ〜パ、ポケモンってね、いちどしんかするともとにもどれないんだよ？」と、なぜか寝起きにポケモンの豆知識を教授してくれた。「へ、へ〜、そうなんだ……」。

すっかり元の生活に戻って数か月。あの日々を思い返すと不思議に感じる。人生に必要なことや不要なことが再認識できたような気がするし、とにかくいろいろなことのありがたさを実感した。

そして酒だ。けっきょく、隔離期間中はあまり酒を飲まなかった。酒、なかったらないで、ぜんぜんいけるな。そう知れたことは、大きな発見のひとつだった。じゃあ最近もあんまり飲んでないのか？と聞かれると、そんなことはまったくない。ぜんぜん飲んでる。あったらあったで、やっぱり最高なのが、酒なのだった。

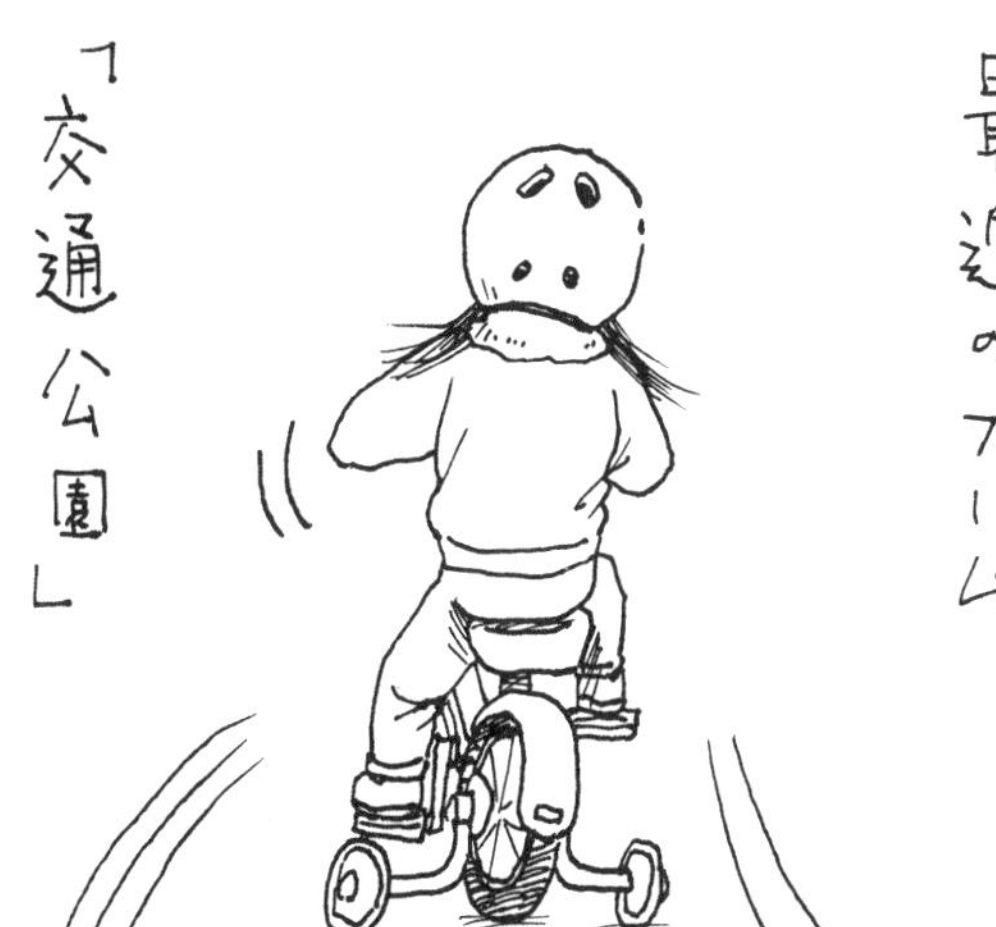

妻が妊婦だったころ

僕が現在のように、酒や酒場のことを専門的に書くフリーライターとして働けるようになったことには、人生のなかの3つの時代が大きく影響していると思う。

ひとつは、20代のころに入りびたり、古き良き大衆酒場の良さに気づいていった高円寺での日々。それから、新卒で入った怪しげな広告代理店で、日々の残業を終え、同僚とひたすら愚痴を肴に安酒場で飲んだ日々。最後は、妻と出会い、週末のたびにあちこちの酒場へ出かけて行っては、ふたりで酒を飲んだ日々。少しずつ時間をかけて、酒の良さ、酒場の良さを知っていった、どれも大切な時間だ。

特に妻には感謝している。そりゃあもともと酒が嫌いでなかったことはあるけれど、それにしたって僕の酒好き具合は度を超えている。ふたりで会うたび、僕の「次はあそこの酒場へ行ってみたいんだけど」というリクエストに対し、嫌な顔ひとつせず、むしろ一緒になって楽しんでくれたからこそ、見聞を広めることができた。

石神井公園という街でふたり暮らしを始めてからも、主に地元で飲むことが多くなったけど、いろいろな酒場へ行った。休みのたび「今日はどこに飲みに行こうか？」となるのが定番だった。ただ、そんな生活も、もちろん妻の妊娠以降はがらりと変わる。当然、妻は酒が飲めなくなり、それが娘の卒乳まで続くことになる。すっかりはるか彼方の記憶になってしまったけれども、そんな時代もあったなぁと、懐かしく思い出すことがある。

そもそも妻は、酒が飲めないなら飲めないで大丈夫なタイプのようだった。もしも自分が数年間も酒を飲めないことになったら……なんて、とても考えられないけれど、妻はその期間、「早くお酒飲みたい～！」と絶叫するようなことはなかった。むしろ、我が家に子どもがやってきてくれたことに喜びを感じ、一日一日、その時間を大切に過ごしているようだった。酒好きな僕には、それが申し訳なくも、ありがたかった。

よく覚えていて、今思い出すと笑ってしまうことがある。妊婦は基本、刺身などの生ものも食べないほうが良いとされている。妻も刺身は好物のひとつであるけれど、もちろんそれを食べないようにしていた。一方、僕は刺身をつまみに晩酌するのが大好きだ。しかしながら、酒と刺身。ふたつ揃って妊娠中の妻には摂取できないものを、目の前で飲み食いするのはどうしたって気が引ける。それで僕は一時期、皿に刺身を盛りつけて、その上に大葉をこれでもかとのせ、なるべく魚が見えないようにして食べていた。そんなことが何度かあったある夜、妻が「最近よくそうやってお刺身食べてるけど、マイブーム？」と聞いてきた。僕はしどろもどろになり、「いや、あんまり見えると目に毒かなと思って……」と答える。大葉で隠したところで、僕が刺身を食べていることなどお見通しだったというわけだ。というか、そんなことで隠せてると思うほうがどうかしているし、よく考えたらよけいに気になるに決まっている。けれども妻は「そこまでしなくていいって！」と笑って言ってくれ、それ以来、刺身を大葉で隠すことはやめた。

つわりの期間にも、今ふり返ってみるとなんだったんだろう？　と笑える思い出は多い。人間の体って本当に不思議で、つわり期って、「今はとにかくこれが食べたい！　これしか食べられない！」というものが定期的に変わってゆくようだった。一時期は、とにかく野菜炒めを食べたがり、毎日のように僕が野菜炒めを作っていた。また、なぜか「うめしそ巻き」がどうしても食べたいという日が続き、しかも、おにぎりだと違うらしい。そこで毎朝、巻きすに海苔とごはんをのせ、そこにうめしそふりかけをかけて、神妙な顔で細巻きを作っていた。やたらとコンビニで売っているタルタル白身魚フライサンドを食べたがったこともあったし、とにかくレタスが食べたいと、日々の料理にレタスを加えまくった時期もあった。ある日仕事から帰ると、妻が青白い顔でフラフラになりながら、あきらかに数人前はある大量のフライドポテトを揚げていたこともあった。「な、なにしてんの⁉」と聞くと、「急にどうしても食べたくなって……ただ、起きてるのもやっとで、今日の晩ごはんこれしか用意できてなくて……ごめん」と言われたときは、あまりにもシュールすぎるシチュエーションに動きが固まった。もちろん美味しく食べたけど。そんな、特に子どもの成長に必要な栄養が豊富そうなものだけとは限らないラインナップが、今思うとおかしく、それでも

「もうすぐできるから待っってて！」「ありがとう……」なんて、大真面目に話していた当時の自分たちを思い出すと、なんだかおかしい。

妊娠期間も安定期に入ったころ、そんな機会はしばらくなくなるだろうと、ふたりで横浜旅行に行った。といっても、もちろんあちこち観光して歩き回るというわけにはいかない。伊勢佐木町のホテルに泊まり、周辺をほんのりと散歩して横浜の空気感を味わったり、予約しておいたイタリアンの店で夕飯を食べるくらいの予定だった。

宿からは有名な飲み屋密集エリアである野毛も近く、妻が「行きたいんじゃないの？」と言う。身重の妻を説得してまでとは思っていなかったものの、そう提案されたらやぶさかではない。そこで、ふたりで昼間の野毛をふらりと歩いた。すると、有名店で一度は行ってみたいと思っていた「福田フライ」の店内が、運よく空いている。が、ここは立ち飲み屋だし、しかも、うまいし安いが、店員さんの接客がけっこうぶっきらぼうなことで有名という噂も聞いたことがある。さすがに今日入るのは違うなと思いつつ、「ここも行ってみたかった店なんだよね〜」と言うと、妻が意外にも「じゃあ行ってみようよ！」と言う。そう提案されたら、これまたやぶさかではない。ほんの短時間だけと、入ってみることにした。僕はチューハイを頼み、確かソフトドリンクのメニューはなかった気がするけど、妻が「ウーロン茶でもいいですか？」と聞くと、店員さんは嫌な顔ひとつせずに対応してくれた。なんだ、そりゃあ店員さんの愛想がめちゃくちゃいいわけじゃないけど、すごく温かいお店じゃないか。なにより、にんにくが容赦なくきいた「辛いソース」で食べる串揚げがめちゃくちゃ美味しく、ふたりで大満足して店を出た。あの日の福田フライで過ごした時間は、僕の酒場人生のなかでもとりわけ印象深いものだ。けれどもよく考えると、あの店にあんなでっかいお腹で入った客、もしかしたら史上初だったんじゃないだろうか？

やがて月日は流れ、娘も無事生まれてくれて、そろそろ卒乳も間近というころのこと。近所に用事があり、上石神井にある酒屋「関町セラー」にふたりで寄る機会があった。そこは、大正時代から続く老舗酒屋でありながら、近年改装をし、2階のテラスで生ビールなども飲める天国だ。その時、近年人気のクラフトビールブルワリーである「うちゅうブルーイング」の「宇宙ＳＥＮＳＥＩ」の樽が開栓直後だった。クラフトビールの生というのは、まさに一期一会。これまた面目なくも、「ごめん、これ1杯だけ飲ませて！」と時間をもらう。そのビールがあまりにもうまく、妻もにおいをかいだだけで美味しそうと言っている。そこで、店内で販売されていた宇宙ＳＥＮＳＥＩの瓶を2本買い、妻の解禁酒はこれにしようということになった。

しばしのち、ついに卒乳が完了し、いざふたりで瓶を開け、乾杯した。やっぱりうまい。が、数年ぶりに飲むビールとなれば、その美味しさはことさらだろう。一体どんな味がするのだろうか？幸せそうにビールを飲む妻の顔を見ながら、僕には想像することしかできないのだった。

クリスマスプレゼントは

袋でもはしゃぐ

子連れ外食 その2

「子連れ外食」の回では、家族連れにとってのファミレスのありがたさや、コロナ禍を経ての2年ぶりの外食として、一家で「スシロー」へ行ったことなどを書かせてもらった。また「カルビ焼肉を好きになる」という回では、練馬区の富士見台にある焼肉の名店「牛蔵」へ行き、その日から娘が、すっかりカルビ好きになってしまったという話も書いた。

最近は、主にチェーン店が多くはあるけれど、家族で外へ食事に行く機会も少しずつ増えてきた。家での晩酌はもちろん好きだ。だけどやっぱり外食は楽しいなぁと、その喜びを噛み締めている。なにより、いつもと違う環境を娘が楽しみ、その場のノリで新しいものを食べることによって好きなものが増えていくのは、親としても嬉しいことだ。

とりわけありがたいのは、たとえば「サイゼリヤ」の存在。もはや知らない人はいないんじゃないかというくらい大人気のイタリアンチェーン。もちろん僕も、特に〝酒場〟として考えたときのサイゼリヤが大好きで、毎回そのリーズナブルさと美味しさに感動している。

家族で行くときの定番は、妻は好物のパスタをなにか1皿ということが多く、僕はその日の気分によってう〜んう〜んと悩むのが毎度楽しい。一軍はやはり「辛味チキン」と、最近〝ペコリーノ〟要素が加わってリニューアルした「柔らか青豆とペコリーノチーズの温サラダ」だ（以前は「柔らか青豆の温サラダ」だった）。比較的お腹が空いていれば「半熟卵のミラノ風ドリア」をちびちびつまみにする日もあるし、肉気分の日は「チョリソーとハンバーグの盛合せ」を単品で頼んだりもする。この場合、サイゼリヤを代表するメニューのひとつ「若鶏のディアボラ風」の上にのっていることでおなじみの「野菜ペースト」を頼み、味変を加えることも忘れない。ちなみに僕は長年、あの野菜ペーストの味つけこそが〝ディアボラ風〟だと思いこんでいたが、実は「ディアボラ」とは、イタリア語で〝悪魔の〟という意味であり、表面をパリッと香ばしく焼きあげた鶏肉料理のことを指すらしい。となると、同じくメニューにある「ディアボラ風ハンバーグ」って、存在として矛盾してるんじゃないの？　という疑問が生じるわけだけど……しまった、話がどんどん子育てからずれ始めてるな。

え〜と、そうそう。そのサイゼリヤに娘を連れて行ったら気に入ってくれ、それ以来何度か家族で訪れているが、娘が必ず頼むのが「プチフォッカ」。「もちもちしてておいしい！」と、おかわりまでしたがるほど。それが、ひと皿に4つのって150円。こんなにありがたいことがあるだろうか。他にも、「おこさまミートソーススパゲッティ」や「カリッとポテト」あたりは定番で、「もうおなかいっぱい」となってほんの少し残したそれらに、粉チーズやタバスコをかけて最後のつまみにするのは、僕の密かな楽しみだ。お腹がいっぱいだったはずなのに、デザートの「イタリアンジェラート」を、嬉しそうにぱくぱく食べている娘を眺めながら。

そしてもうひとつ、最近の超特大ヒット、もはや我が家のアンセムと言っていいチェーン店が存在する。それが「しゃぶ葉」だ。

ご存知だろうか？「ガスト」「ジョナサン」「バーミヤン」などを運営する「すかいらーく」系列の、しゃぶしゃぶ食べ放題をメインとしたファミリーレストラン。僕はこれまでの人生でまったく意識したことがなかったんだけど、ある日妻が、どこからか情報を聞いたようで、「しゃぶ葉って、わたあめとかワッフルを自分で作れたりして、子どもを連れていくとすごく喜ぶらしいよ。こんどぼこちゃんを連れてってあげようか？」と言う。調べてみると、我が家からもそう遠くない場所に1軒あるようだ。それならばと家族で行ってみたら、そりゃあもう、信じられないくらいに素晴らしい店で、娘が大喜びしたのはもちろん、それ以上に僕がハマってしまったのだった。

システムは、ランチとディナーで値段が異なり、当然ランチのほうがお得。しかもランチは、土日祝日は80分の時間制だが、平日は、11時のオープンからランチタイム終了の16時まで、時間無制限なのがすごすぎる。計算上、5時間しゃぶしゃぶを食べ続けてもいいというわけだ。我が家では基本的にランチ利用がメインなので、今回はランチに限定した話をさせてもらう。

コースは、２０２３年1月現在、税込み３２９９円の「海鮮&国産牛1皿付き イベリコ豚&アンガス牛食べ放題コース」が最高級品。なんと、海老やかにやホタテがセットになった豪華海鮮皿つきだ。それから「国産牛 食べ放題コース」「イベリコ豚&アンガス牛 食べ放題コース」ときて、続いていわゆる基本コース。1979円の「牛&豚 食べ放題コース」、1759円の「牛&豚 食べ放題コース」、1539円の「豚バラ 食べ放題コース」となる。他に、店舗限定のコースなどもいくつかあるようだ。

家族で行くときは「豚 食べ放題コース」が定番。が、告白すると、ある日、どうにもたまらずひとりで行ってしまったこともあり、そんな際は最安の「豚バラ 食べ放題コース」でじゅうぶんだ。だって、僕が肉のなかでいちばん好きな豚ばら肉が食べ放題なんだから。しかも信じられないことに、コース名には含まれていない「鶏肉」も食べ放題。せっかく食べ放題なのに「豚&鶏」と表記しないなんてもったいない! と思ってしまうが、そこにまた、しゃぶ葉の余裕を感じる。

先述のとおり、娘はカルビ肉を好きになったのをきっかけに、一気にいろいろな肉を食べらるようになった。なかでも「牛&豚 食べ放題」コースに含まれる牛肉と豚のロース肉は好きで、すき焼きも好きなので、だしのひとつは「本格すき焼きだし」を選ぶ。あ、そうそう、しゃぶ葉の鍋は仕切りでふたつに分かれていて、6種類のなかから2種類を選べるのだ。さらに、追加料金を支払えば、4つ割りの鍋に4種のだしを選ぶこともできる。「鶏がら醤油だし」「柚子塩だし」「白だし」「きのこだし」「赤チゲ味噌だし」どれもこれも魅力的なので、毎回迷う。

で、娘にはすき焼きだしで煮込んだ牛肉や豚肉、白いごはんやうどん、最近食べられるようになった豆腐や、野菜のなかでは苦手でないほうのにんじん、かぼちゃなどを、火の通ったものからあげてゆく。その横で大人たちは、好きなものを好きなだけ堪能する。しゃぶ葉の良さは数え上げればキリがないほどだが、特筆すべきは野菜の種類の豊富さ。もう、たとえ肉が一切食べられなくてもまったく問題なく元がとれてしまうくらいに膨大な野菜がずらりと並ぶ様は、壮観という他ない。たれも薬味も種類豊富で、それらを組み合わせるオリジナル要素も楽しい。アルコールは80分間の飲み放題も1319円で用意されているけれど、そもそも絶対に料理で腹いっぱいになるので、僕にはちょっと多すぎる。しかしながら、心配(?)ご無用。他ももちろん手頃ながら、なんと赤と白のグラスワインが、それぞれ1杯109円なのだ。信じられますか?

当然僕より早めにお腹がいっぱいになってしまう娘だが、やはり甘いものは別腹のようで、妻と一緒にわたあめを作ったり、自分で焼けるワッフルの上にチョコソース、チョコチップ、コーンフレーク、きなこをトッピングしたオリジナルメニューを開発したりして、超ごきげん。僕はその様子を眺めつつも、意地汚く、たれや薬味の配合研究をしながら、肉や野菜をここぞとばかりに堪能する。ただし、シメのごはんも中華麺もうどんも食べ放題なうえ、僕の大好物であるカレーまでが食べ放題なので、余力は残しておきたい。

そう、しゃぶ葉のカレーが、これまためちゃくちゃうまいのだ! その理由のひとつが、業態上豊富に用意するさまざまな肉の各部位の端肉がたっぷりと入っていることにあると想像される。しかも運がいいと、それこそ我々が頼んだコースには含まれていない、国産牛の切れっぱしと思われる肉が入っていたりして、それに当たるともう、陶然。あぁ、しゃぶ葉……なんと素晴らしき桃源郷……。

と、今回は、一体どこが子育てエッセイなんだって内容になってしまったけれど、きっと娘がいなければ、ずっとしゃぶ葉の素晴らしさに気づかずに生きていた気がする。子連れ外食とは、けっこうな制限がある一方で、未知の喜びの幅を広げてくれる可能性もまたあるものなのだ。

こたつ鍋の喜び、ふたたび

妻とふたりで暮らし始めるにあたり、東京都練馬区の石神井公園という街に住んでから、もう14年になる。その間、同じ街のなかで一度だけ引っ越しをした。4年前のことだ。

理由はやはり、娘が生まれたからというのが大きい。以前の家は、5階建てマンションの最上階で、日当たり良好な角部屋だった。特にリビングの大きな窓からの眺めは素晴らしかった。視界のなかに高い建物がまったくなく、見晴らし最高。少し遠目にではあるが、大好きな石神井公園の、こんもりと茂った木々たちも見える。晴れた日など、カーテンを開けるとまるで日光浴をしているような心地良さだ。

ただ、その大きな窓が「出窓」で、ちょっとした立ち飲み屋のカウンターくらいの幅と奥行きがある。そして、窓には、横に鉄の柵が2本あるのみ。当時、娘はまだ1歳だったので、もちろんそこに手は届かなかったけど、これからどんどん成長し、うっかり登ってしまい、さらに鍵を開けてしまったら……なんてことを考えてしまうともう、気が気じゃなかった。

他にも、築年数が古めで、オートロックではなかったところ。ドアモニターがなかったところ。宅配ボックスがなかったところ。また、自分たちは10年住んですっかり慣れっこになってしまっていたが、街道沿いにあり、夜は車の走行音がけっこう聞こえる。特に、救急車や消防車の音は強烈だ。同じ部屋に小さな子どもが寝ていると、それもかなり気になるようになった。

そんな理由が重なって、ほんのちょっぴり背伸びした物件ではあるけれど、今のマンションに引っ越しを決めた。引越し後にしばらくしてからフリーライターとして独立し、今でもなんとかそこに住めているのは、まったく幸運なことだと思う。

ところで僕は、どちらかというと和風の、地べたスタイルの暮らしが好きだ。以前のマンションではずっと、無印良品で買った、大きめの楕円形木製こたつテーブルを居間に置き、冬はこたつとして、それ以外の季節は座卓として使い、過ごしていた。

ところが引っ越しに合わせ、まず、幼児にとって必ずしもこたつが安全でないという理由、また、娘にはきちんと椅子に座って食事をとれるように育ってほしいという思い。それから、キッチンと居間がカウンターを通してつながっているという部屋の造り的に、そのほうが似合うだろうということもあり、ダイニングテーブルを導入した。おのずと、春夏秋冬テーブル&椅子で過ごし、冬場は暖房で部屋を暖める生活になった。

それはそれで快適だし、なんの文句もない。けれども僕は、とにかくこたつが大好きなのだ。冬になるとどうしてもこたつが恋しくなる。そんななか、今年、我が家に一大転機がやってきた。

「ぼこちゃんもそろそろ大きくなってきたし、きっと喜ぶだろうから、今年はこたつを出してあげようか？」

妻からの提案だった。そりゃあもう大賛成！　我が家にはリビングの隣にふだんはあまり使っていない和室があり、そこをざっと片づけ、久々にこたつテーブルを出す。ずいぶん長く使い、さらにしまいこんであったから、内部にまでほこりがたまってしまっていたヒーターは、新しく買い替えた。引っ越しをきっかけに捨ててしまった少々くたびれがちだったこたつぶとんも、新しく購入。晴れて、我が家にこたつのある生活が戻ってきたというわけだ。

新しいこたつぶとんは、新品のフリースっぽいさわり心地というんだろうか、ふわっふわのとろっとろで、重みもちょうどよく、いったん潜り込んだら容易には抜け出せない。じんわりと足元を暖めてくれるヒーターも、あまりにも幸せすぎる。実際、娘もこたつを大いに気に入り、朝起きて部屋に来ると、迷わず首もとまで潜り込んでごろごろし始める。それから食事をとるのも、塗り絵やゲームで遊ぶのも、すべてこたつでになった。

夕食時、おかわりの酒をキッチンへ取りにいき、部屋に戻ると、娘が妻に寄り添うように隣り合っている。妻の背中と、ぬくぬくと暖かそうな小さな背中が並んでいるのは、なかなかほほえましい光景だ。

今冬は、さらにもうひとつの大変革も訪れた。それが「卓上ホットプレートの復活」。

かつて妻とふたり暮らしを始めたと同時に購入したサンヨー製のホットプレートには、ものすごくお世話になった。大きな鍋と、2種類の鉄板と、たこ焼きプレートが付属し、よく家で、鍋や焼肉、粉もん料理などを楽しんだものだ。あまりに気に入り、保証期間を越えて故障した際、わざわざ工場に持ち込んでまで修理してもらったのもいい思い出。ところがこれも、娘の誕生と同時に出番がなくなった。

もちろん、卓上で使い、まだ小さな娘がうっかり鍋や鉄板に手を触れてしまわないかという心配からだ。子育てをしていると生活のなかに、それまでは想像もしていなかった小さな不満、いや、娘のためなので不満というのは違うな。ほのかな制約というのか、そういうものがちょこちょこ発生するものだということを知った。というわけで、ちょっと過保護なのかもしれないけれど、娘が5歳になった今まで、卓上でホットプレートを使うことはなかった。

ところが昨年末。さすがにそろそろホットプレートを使っても大丈夫かね、なんて話していたところ、妻が見つけてきたアイテムがある。以前から良い評判を聞いていて、いつか欲しいと思っていた「BRUNO」というホットプレートの、ミッフィーとのコラボモデルだ。かわいい。そして、娘がとても喜びそうだ。それを思いきって買い、ついに我が家に「こたつ×ホットプレート」という、冬の晩酌における最も幸せなシステムが導入されたのだ。

我が家は3人家族なので、悩んだ末、いちばん小さい「コンパクト」サイズを選んだ。オレンジ色で四角いデザインがおしゃれで、サイドにはミッフィーの絵柄が描かれ、フタの持ち手もミッフィーの形になっている。基本、付属するのは「平面プレート」と「たこ焼きプレート」の2枚。加えてこの限定モデルには、6つの円形のへこみでパンケーキなどを焼ける「マルチプレート」もついてきて、そのへこみそれぞれに、ミッフィーや仲間たちを描いたでっぱりがある。つまり、焼いたものの表面にキャラクターが浮き上がる仕組みというわけだ。また、なんと運良く、よく行く薬局のたまっているポイントで、専用の鍋が交換できることが判明。さっそくそれも注文した。

以来、BRUNOは大活躍。まず作ってみたのは、マルチプレートを使ったお好み焼きだった。いわゆる「大阪焼き」、関西で言うところの「リング焼き」のようなサイズ感。タネを作って、豚肉を敷いたホットプレートで焼き、ひっくり返してまた焼くと、裏側にキャラクターが浮かび上がる。最初こそ「おやさいがはいってる！　や〜だ！」などと言っていた娘も、そのかわいらしい見た目につられてひと口食べてみたところ、細かく刻んだキャベツはあまり気にならなかったようで、よく食べてくれた。

それ以上に大活躍なのが、娘の好物であるたこ焼き用のプレート。といっても、娘はたこを嫌がるので、食べるのは「焼き」だが、頻繁にリクエストされる。たこ焼きのなにがいいって、生地ににんじんやら玉ねぎやらのすりおろしをたっぷり加えて焼いても、バレずに食べてくれるところ。まだまだ好き嫌いの多い娘が、どんな形であれ野菜を食べてくれるのは嬉しい。トータルで24個の穴があるうち、半分はたこや紅しょうが抜きゾーンにして焼いてやると、12個くらいはぺろっと食べてしまう。ごていねいにひとつずつにソースをつけ、小さな指でかつおぶしと青のりをつまみ、ちょんとかけては食べる姿が、なんとも愛らしい。ちなみに市販のパンケーキミックスに指定の量の水と玉子を加えて溶き、このプレートで焼くだけで、簡単に「ベビーカステラ」風のものも作れるので、子どものおやつにもおすすめだ。

そして鍋。これまたいつもと違う真新しさから、娘が食べられるものを増やしてもらえ、ありがたさを実感している。

最近よく作っているのは「鍋キューブ」の濃厚白湯味で作る、鶏白湯風の鍋。以前は、パックに液体がたぷたぷに入った、でっかい鍋のもとをよく使っていたが、我が家のＢＵＲＮＯはコンパクトサイズなので、量が調節できる鍋キューブがものすごく便利だ。１袋にキューブが８個入りで、それで２、３回は鍋ができるし、個包装なので日持ちもする。

具材の定番は、最近娘が好きになった豚ばらの薄切り肉と豆腐。それから鶏ひき肉で作る鶏だんご。ひき肉に、片栗粉、玉子、そしてたっぷりの〝刻んだえのき〟を加えるのがポイントで、きのこの旨味が加わり、食感もぐっと良くなる。けっこうたっぷり加えてしまっても、娘は気づかずにぱくぱくと食べてくれるので、「えのきが入っているとも知らずに……」と、心ひそかにほくそ笑みつつ酒をすする瞬間がたまらない。

野菜は、最近は夫婦でレタスにハマっていて、鍋に入れる野菜の王者って、もしかしてレタスなのでは？　とすら感じ始めている。熱を加えたことによって押し上げられる甘みと香り、さらに、汁気を吸った肉厚な食べごたえがたまらない。

言わずもがな、今回紹介したどれもが、ビールやチューハイに最高に合う。こたつで熱々をはふはふ言いながら食べつつ、キンキンの酒をごくり。これ以上に楽しいレジャーなんて、他にないんじゃないか？　などと、少々大げさにつつましき幸せを噛み締める冬なのだった。

そういえば初代のサンヨー製ホットプレートはどうなったのかというと、さすがに使い込みすぎた鉄板類はだいぶくたびれてしまっていたので、ご引退願うことになった。が、本体と鍋はまだまだ現役で使えそう。そこで、近所に借りている仕事場に持っていくことにした。ひとりこそこそと仕事場で鍋をする機会。いつやってくるのかはわからないけど、それはそれでわくわくするものがある。

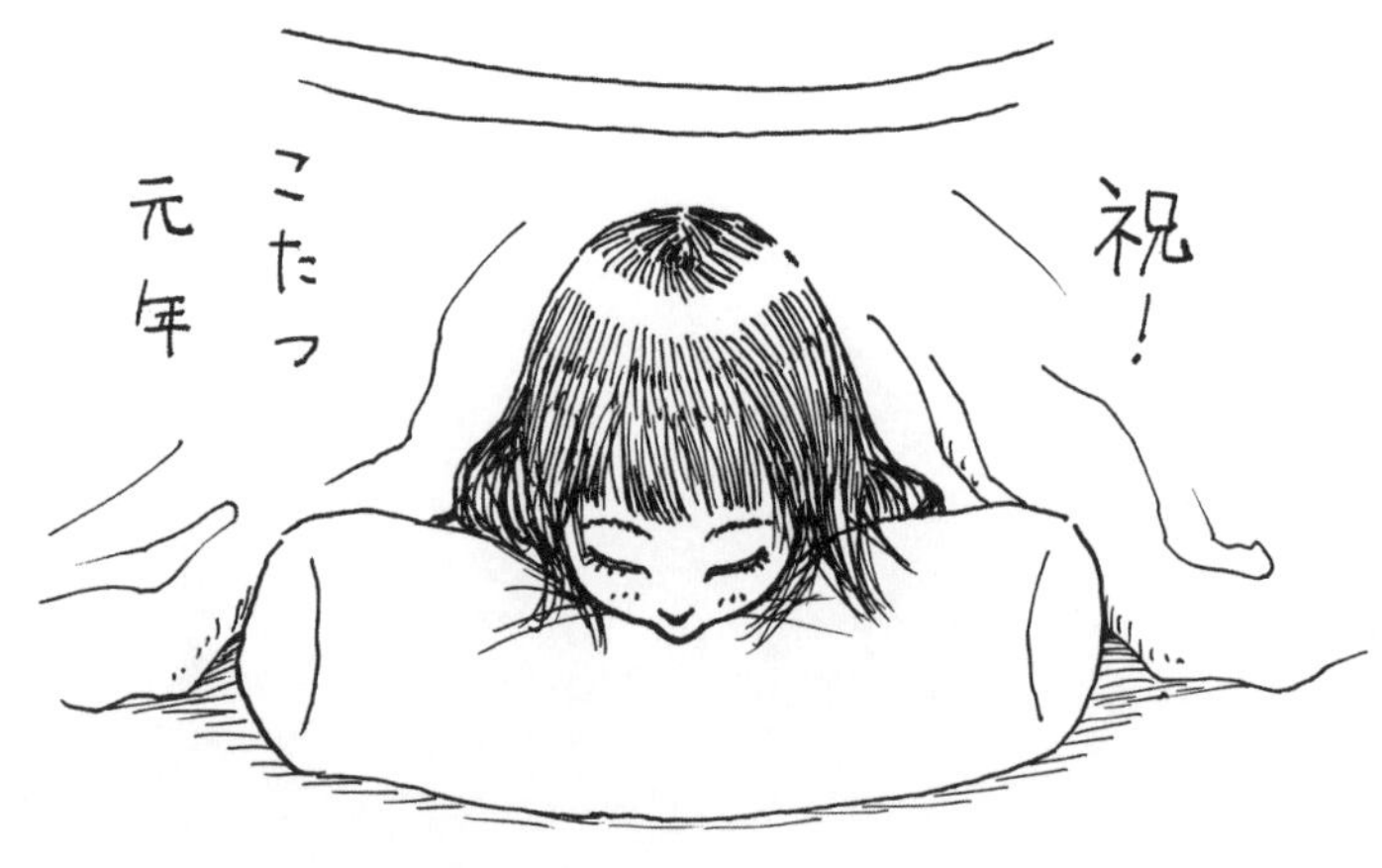

雪見酒の日

朝から雪が降っていた。

僕の住む東京の都市部で雪が降ることはまれで、積雪となれば年に一、二度あるかないか。が、この日の雪はわりと本気なようで、朝の8時くらいにはもう、窓から見える周囲の家の屋根がうっすらと白くなり始めていた。酒飲みというのは……と、ひとくくりにしてしまうのは乱暴すぎるな。僕のように、一部の酔狂な酒飲みは、こういう非日常な事態に興奮する。さて、今日はどんなタイミングで雪見酒をしてやろうかと、朝から気が気じゃない。ただそのためには、まずは家のことや、仕事などのやるべきことを片づけてしまわなければならない。保育園に行く前の娘に、朝食はなにがいいかを聞くと、パンケーキとのこと。そこで、先日買ったホットプレート「BRUNO」の、ミッフィーのキャラが浮き出る型で、パンケーキを焼いてやる。

ところが娘は、好物であるはずの小さなそれをたったひとつ食べたところで、首元までこたつに潜り込んで横になってしまった。どうしたのかと聞いてみると、「おなかがいたい。おなかのなかにごろごろが3こある」と言う。表現が独特で詳細まではわからないが、腹痛があることは確かなのだろう。発熱やその他の風邪症状などはなく、ただ、いつもより元気はない。心配になり、「お医者さん行く?」と聞くと、首を横に振る。娘はさほど病院が嫌いということはなく、本当に辛いときはこういう場合、行くと答えるタイプだ。

妻は仕事で出社の日で、早めにどうするかを決めなければいけない。幸い、僕は夜に、酒場でのとある対談仕事の予定があるだけで、日中は原稿を書いていようと思っていた。通常なら仕事場へ行くが、家にいてもできる。そこで夫婦で話し合い、大事をとって保育園は休ませ、妻には仕事に行ってもらって、夕方までは僕が、家で娘の様子を見ていることにした。

娘はしばらく横になっていたが、少しずつ具合が落ち着いてきたのか、むくりと起きて保育園でもらってきた塗り絵を始めたり、相変わらずハマっているポケモンのアニメの動画が見たいと言い、iPadでしばらく見たりしていた。

その間、僕は、こたつの向かい側に座って仕事をする。といっても、いつもいつも「どこそこでなにを食べて飲んだ。うまかった」などという雑文を書いているだけの男が生意気なことだが、やっぱり、文章を書くという行為にはそれなりの集中力がいる。たびたび娘から「みて。ここまでぬれた!」と塗り絵を見せられたり、近くでアニメの音が流れていたりしながらだと、長い原稿は書けない。そこで、ある媒体に掲載している自分の日記を、最近のことを思い出しながらちびちびと書いたり、今後記事に使う予定の写真の選定や、その調整作業などをのんびりと進めていた。

昼すぎ、娘が僕に言う。

「パーパ、ぼこちゃん、おひるにたべたいものきまった。おやこどん！」

さすがにお腹が空いたのだろう。健康的でいいメニューだ。ちょうど、最近レシピの連載用に試作を重ねていた関係で、鶏むね肉が冷蔵庫にある。よし作ろう！

キッチンへ行き、鶏肉を小さめにカットして、熱を通しても柔らかいようにすっすっと隠し包丁を入れてゆく仕込みの作業を始めたところ、娘が近くにやってきて言った。

「パパ、いいことかんがえた！　おやこどんに、おにくとたまごもいれちゃうってのはどう⁉」

決して小ボケとかではなく、さもすごい発明をしたかのように目をまん丸に見開いて言うから笑う。肉と玉子が入っていない親子丼は、「めんつゆ玉ねぎ丼」だ。

できた親子丼をどんぶりによそって出してやると、娘はぱくぱくと勢いよく食べてくれ、それを見てひと安心。食べながら、お腹の痛みはどうかと聞いたら、「ごろごろがなくなった」との返答。もはやいつもどおりに元気な様子で、このぶんだと、容態が急変して病院に行くというようなことにもならなそうだ。

ふたたび仕事に戻ってしばらくしたところで、「積雪があるので大事をとって、今夜の対談取材は延期にしましょう」という連絡が編集さんからあった。そうか、と立ち上がり、窓の外を見る。この天気だからか出歩く人はほとんどおらず、しんしんと降る雪が音を吸って、ものすごく静かだ。なんだかとことんのんびりした日だな。たまにはこんな日もあっていい……と思った瞬間、突然、いてもたってもいられない気持ちが自分のなかに舞い降りてきた。

あ、酒飲みてぇ。

毎年この時期になると僕は、キンミヤ焼酎でおなじみの宮崎本店の名酒「宮の雪」の瓶を1本買って部屋にストックしている。むろん、貴重な雪見酒チャンスを逃さないためだ。大好きな酒だし、なにしろネーミングやデザインが、雪見向きにもほどがある。いつも窓から見ている風景が真っ白に雪化粧した様を眺めながら、あれが、たまらなく飲みたい。それも、日が暮れてしまう前に。そう思ってしまうと、欲望はむくむくとふくらみ続ける一方だった。

そこで午後4時前、娘に告げる。

「よ~し、パパ、今日はもうお仕事おしまい!」

無論、娘に告げると同時に、自分の気持ちを切り替えるためにも言っている。おいおい早すぎないか? と思われるかもしれないが、その日のことをこうして原稿に書いている時点で、僕にとってはそこから先も一応仕事の延長なのだ。まぁ、だいぶ強引な理論ではあるけれど。

ほくほくと部屋へ向かい、宮の雪とお気に入りのおちょこをとってくる。つまみは先述のレシピ連載用の試作料理「鶏むね肉のオリーブオイル漬け」を皿に盛り、わさび醤油をかけたもの。それから、最近ハマっているらっきょう。まだ夕飯前の早い時間に、娘の目の前でいきなりそれらをやり始めるのは気が引け、「パパ、ちょっとお腹が空いちゃってさ~」と見え見えの言い訳をしつつ、「ぼこちゃんもなにかおやつ食べる?」と聞くと、おせんべいがいいと言うので、小分けで1袋2

枚入りの小さなサラダせんべい「ぱりんこ」を2袋あげ、一緒に食べる。

静かな部屋に、ぱりぱりとせんべいをかじる音が響く。「美味しい？」と聞くと「うん！」と嬉しそうだ。一方の僕は、うやうやしくおちょこに注いだ酒を、ついにゆっくりと口に含み、目をつぶってじっくり味わう。フルーティーな米の香り。しっかりとした旨味と、それでいてしつこくないキレ味。ほんのりと苦味も感じるような気がして、そのアクセントがまた心地いい。

低温でしっとり柔らかくゆで、オイル漬けにしておいた鶏むね肉は、ゆでたてよりもさらにとろりと柔らかい。わさび醤油との相性もばっちりで、これがもう、酒とめちゃくちゃに合う。しゃきしゃきのらっきょうもいいな。こんなにも深遠な酒と肴の世界より、娘はまだ、サラダせんべいのほうが好きなんだよな。そう考えるとなんだかほほえましく、そして、大人って、酒って最高！としみじみ思う。

そろそろ風呂の準備をしておこう。寒空の下、仕事から帰ってきた妻がすぐ、なんなら娘と一緒に入れるように。それから僕も風呂に入って、いよいよ夕食（という名の、僕にとっては晩酌の延長戦）だ。今日は買い物には行けてないし、妻にも、足もとに気をつけてまっすぐ帰ってきてほしいと伝えてある。家にあるもので、なにが作れたっけな。もちろん宮の雪と、今夜の雪に合う料理であることは大前提で……。

自転車のシートで
首のうしろがもこもこに
なるのが嫌だという娘の
この冬定番の
着こなし
〝前フード〟

忘れる記憶、忘れない記憶

以前もちらりと書いたが、娘の朝ごはんの大定番メニューに「しおしょうゆとろたまごごはん」がある。もちろん、そんな既存の料理が存在するわけではなくて、考えたのも命名したのも娘。どんぶりによそったごはんの上に、塩をほんの少し加えてとろとろに焼いたオムレツ（娘がそうしてほしいと言うのでそういうことにしてあるが、塩気が強すぎるので、最近は塩は加えていない）をのせ、そこに醤油をかけ、最後に全体をざっくりと混ぜて食べるというメニュー。先日、そこにバターも入れてほしいと言い出し、「しおしょうゆバターとろたまごごはん」に進化した。

娘はこれが本当に、作るほうがあきれるくらいに好きで、3日に2回くらいはリクエストしてくる。それがもう、1、2年は続いてるんじゃないだろうか。そんなにうまいもんかと一度、昼間に自分用に作って食べてみたことがある。ごくまれに、娘がたっぷりと残して冷めてしまったのを食べたことはあったものの、できたてのしおしょうゆバターとろたまごごはんは、ふわとろオムライスと玉子かけごはんとバター醤油ごはんのいいとこどりって感じで、確かにやたらとうまかった。

ところで先日、ふと思った。こんなにも大好きで、毎日のように食べているしおしょうゆバターとろたまごごはんのことを、娘は大人になっても覚えているかな？　と。だって、自分が今の娘と同じ5歳くらいのころ、どんな食べものが好きだったかなんて、まったく覚えていないから。

そもそも、僕は記憶力があまり良いほうではなく、昔のことをどんどん忘れていってしまうタイプだ。子どものころのことなんて、ほとんど覚えていない。大人になってからはそこに酒の力が加わり、「記憶をする」という能力の扱いがさらにいい加減になって、どうしようもない。

思い出せるいちばん古い記憶は、幼稚園に初めて行った日の朝のことな気がする。前後は覚えていないけど、家の近所の道に送迎バスが停まっていて、僕はそこに乗せられようとしている。そして「おかあさんもいっしょにいくっていった！」と、大泣きしながら抵抗している。たぶん前日、母は僕に「明日からは幼稚園に行くんだよ。どうしても難しかったら、最初だけお母さんも一緒に行けないか、先生に聞いてみるからね」とかなんとか言っていたのではないか。もちろん無理に決まってる。子どもながらに強く記憶に刻まれる、強烈な体験だったのだろう。

僕は年中から幼稚園に通いだしたので、それがちょうど、今の娘と同じ歳の出来事だ。娘はとても明るい子で、毎日毎日いろいろなことに大笑いしながら、楽しそうに過ごしている。好きなものもどんどん増え、保育園では友達もできた。特にNちゃんとは大の仲良しで、保育園で会うたび「Nちゃ〜ん！」「ぼこちゃ〜ん！」と、ほぼ毎日会ってるのにそこまで嬉しいかっていうテンションで大はしゃぎし、それを見ていると嬉しくなる。

けど、待てよ。あくまで、忘れてばかりの僕の場合だけど、今の娘の歳くらいになる以前の記憶は、なんにも残っていないのだ。娘は、生まれてから今までのことを、大人になったころにどのくらい覚えているんだろうか？　人間とはそういうものであるけれど、考えだしてしまうと切なくなる。

娘の最近のブームに「交通公園」がある。

正式名称は「大泉交通公園」で、隣駅にある僕の実家から近い場所にある。僕も子どものころによく行っていたような気はするものの、かなり記憶は曖昧だ。ただ母が、「あんたもお父さんに連れられてよく行ってたわよ」と言っていたので、やはりそうなのだろう。すごく設備の整った公園で、自転車やゴーカートをレンタルして乗れる。園内には交差点や横断歩道、信号などがあって、遊びながら交通ルールを覚えられる。ただ、詳細はあまりにもぼんやりとしている。公園は僕の実家から、通っていた小学校や駅へと向かう方面とは反対側にあり、きちんと物心ついて以来、近くに行ったことすらなかったので、なおさらだ。

そんな交通公園だったが、娘もきっと喜ぶだろうし、自転車の練習にもなるだろうと、一度連れて行ってみたら、見事に大ハマり。最近は週末のたびに「こうつうこうえんいきたい！　こうつうこうつう！」と言ってくる。

約40年ぶりに交通公園を訪れたときは、ざわざわと心に鳥肌が立つような感覚があった。おぼろげな、もやに包まれたような記憶のなかの風景が、現実だから当たり前なんだけど、目の前に、細部までクリアに広がっている。

広さはこのくらいだったのか。自転車やゴーカートのコースはこうなっていて、夏に水遊びができるゾーンや、芝生の広場、ブランコや砂場まであったのか。ゴーカートはこんな形状で、こうやって前に進むシステムだったのか。それから妙に感動してしまったのが、公園のすみにある、実際に乗って遊べる蒸気機関車の形をした遊具。そうだ、これがすごく好きだった。近寄っていって煙突の部分を触ってみると、想像のなかで鉄道の旅をして遊んでいた当時の光景が、突然にぶわっと思い出されるのだった。

ところで、急にモードが変わるけど、園内から見える隣接した建物のひとつが、民家を改装したカフェになっていた。まだピカピカに見えるので、最近できた店だろう。店からも公園が見渡せるらしき造りになっていて、なんと「一番搾り」ののぼりまで立っている。こりゃあ気になる。一度行ってみたい。ただ、娘を公園に連れて行く場合、疲れ果てるまで遊んであとは帰るのみになってしまい、タイミングがない。それに、決まって自転車で行くので、酒を飲むわけにもいかない。そこで先日、気ままなフリーライターという立場を生かし、平日の昼間に、のんびりと散歩がてらに行ってきてみた。するとこれが、とてもいい店なのだった。

店名は「サニーデイズキッチン」。広々として清潔な店内の窓から、広い庭と、その先の公園内が見渡せる。僕は日替わりランチプレートの「チキンソテー 春のいちごソース」（1250円）と、「キリン 一番搾り」（550円）を注文した。まず、ビールがめちゃくちゃ美味しい。これだけで間違いない店だということがわかる。続いてやってきたのは、雑穀米、紫キャベツとにんじんのピクルス、じゃがいもやハーブの入ったスパニッシュオムレツ風玉子焼き、すりおろしたじゃがいものスープ、チアシードとフルーツ入りのヨーグルト、以上がサイドに添えられた、チキンソテー。

一見トマトソースのようだが、口に含むと甘酸っぱいいちごの香りが広がるソースが、ふわりと柔らかいチキンと絡み合い、食べれば食べるほどにクセになる。あっという間にビールがなくなり、グラスワインの赤（400円）をおかわりした。

窓の外に目をやると、異常に天気がいい。公園で咲く満開の梅の花がよく見える。平日なので人出は少ないが、それでもたまに目の前を、ヘルメットをかぶって一所懸命自転車をこぐ小さな子どもと、それを見守るお母さんが通りすぎたりする。ワインをちびちび飲みながら、いつもは自分もあっち側にいるんだよな、なんて考えていたら、なんだか俯瞰（ふかん）的、メタ的な、不思議な気持ちになってきた。

約40年前、すでに亡くなってしまった父も、この公園で、自転車やゴーカートをこぐ僕を見守ってくれていたのだろう。そのとき、どんな気持ちだったのだろうか？　想像することしかできないが、今、自分がその立場となり、なんとなくではあるけれど、わかる気がする。

子どもが楽しそうであれば、親というのはそれだけで幸せを感じるものだ。そんな感慨と、いちごソースのチキンソテーをつまみに飲むワインは、なんともオツな味だった。

空前の
五目うどん
ブーム

第4章 すこし不思議な話

記録することは、未来の酒の肴を仕込む行為でもある

僕は若いころからものづくりが好きで、特に20代は音楽活動に明け暮れていた。友人たちとインディーズレーベルを作り、クラブミュージックと言われるジャンルの音楽を中心に、レコードやCDを作り、イベントを開催し、ライブやDJをする。一向に芽は出なかったものの、活動自体は心の底から楽しく、また、それに関連した音源や映像は、やたらと残っている。たとえばYouTubeには、10年以上も前に作った音楽をバックにはしゃぐ自分たちの映像がまだアップされていたりして、端的に表現すれば、それが非常に〝エモい〟のだ。今でも年に数回は、深夜にちびちびとウイスキーをなめつつ、思い出したように見返し、酒の肴にしている。その嬉しいようなわびしいような感情と、真夜中の酒の、妙に合うこと。

と考えると、このエッセイを書くことは、未来の自分の酒の肴を仕込む行為とも言える。いやもちろん、第一の目的は生活のため。ただありがたいことに、自分は好きなものに関する文章を書くことを主な生業とさせてもらっている。だからこの仕事は、作品作りと同義でもあるのだ。

執筆にあたり、いちばん頭にあるのは、僕の他の仕事と違って、家族のこと。いつか娘がこの文章を読むことがあったとして、当時の僕や妻の気持ちを知ってくれたら嬉しいな。なんて望むのは親のエゴでしかないが、せめて、「こんなことを書かれて嫌だった」という気持ちにはなってほしくないという部分は、できるかぎり慎重に考えるようにしている。もちろんそれは、妻や親戚に対しても同じだ（テーマの時点で嫌かもしれないけど……）。

さて、今日もそんな肴を仕込んでいくぞと、最近あったトピックを思い出そうとしたところ、10年後どころじゃなく、現時点ですでにエモみ満点の出来事があった。「ランドセルの試着」だ。

娘はまだあと1年保育園に通う。しかし昨今の事情はすごいことになっているらしく、人気のランドセルは1年以上前の今から見比べ、試着して、早めに予約しておかないと、どんどん売り切れていってしまうのだとか。まかせきりで面目ないと思いつつ、妻があれこれ調べてくれ、娘と一緒にカタログを見て、いちばん気に入ったものを実際に試着できるよう家に送ってくれるというサービスがあって、利用した。

最近のランドセルは僕の時代のように「黒 or 赤」って感じではなく、色もデザインもさまざま。娘は妻と相談して選んだ、ピンクと薄紫を基調としたそれがとても気に入ったらしく、「これでしょうがっこうにいくんだ〜！」と、嬉しそうにはしゃいでいる。当然、背負ったランドセルはやたらとでかく見える。僕はその姿を眺めながら、「そんなに急いで成長していかなくたっていいのに……」と、グラスに残った淡麗プラチナダブルを飲み干した。

そのとき、ふと思い出したことがある。『酒のほそ道』の作者、ラズウェル細木先生の名作『パパのココロ』。お酒がきっかけで知り合い、何度も飲みの場をご一緒させてもらったことがあるけれど、ラズ先生は本当に温和でほがらかな、もはや「怒り」という感情をどこかに捨ててしまったんじゃないだろうか？　という人格者だ。ところがこの作品のなかでは、イライラもするし、葛藤もするし、夫婦げんかもするし、失敗もする。時代的な背景だろうけど「ここまで赤裸々に描いちゃって大丈夫？」と心配になるような描写もちらほら。まさかラズ先生にもこんな時代があったとは、と、読むたび、妙に感動してしまうのだった。

そのなかの1話に「ココロはすっかり小学生」という話がある。小学校入学の3か月前に購入したランドセルが届き、娘さんの「かぼち」ちゃんは、嬉しそうにそれを背負ったり、ベッドで一緒に寝たりしている。感覚はうちの娘とほとんど同じだ。ラズ先生はこの作品を、今もたまに読み返したりするんだろうか？　今度飲んだとき、聞いてみようかな。

リカちゃん人形の家具や食器に代表されるような「こまかモノ」が家にたまってしょうがないという「かぼち、ママゴトにはまる」。これはまさに今、我が家の主要問題で、片づけても片づけてもいつの間にか増え、ジャンルもどんどん混沌としてきて、とりあえず大きなおもちゃ箱に詰めておくしか対応策が思いつかない。

マンションの2階に住んでいるのに、元気な娘さんが椅子からどドーンと飛び降りて、そのたびにあわてて注意しつつ、下の家がどう思っているか不安になるという「かぼちの騒音公害」。僕も何度娘に「どすんしないで！」と注意したことか……。

そしてまた、日本屈指のジャズリスナーであり、かつては身も心も１００％その趣味にささげていたというラズ先生。ただしこの時期ばかりは、たまの外出時にウォークマンで聴くのが精一杯だったという「パパの趣味は、今、どこへ…」。これなどまさに、「インプットの時間が足りない問題」そのものだ。

また、ラズ先生の天性の柔軟な考えかたはとても、子育ての、そして人生の参考になる。象徴的なのは「『バラバラめし』は最高！」という回。食事というのは、一家で食卓を囲んで食べるのが良しとされているし、子どもにとってもそのほうがいいことは間違いない。けれども、無理をして疲れはててしまうくらいなら、家族がそれぞれ、好きな時間に好きなものを食べる日があったっていいじゃないか。ざっくりと言うとそんな内容で、これを読んで否定的な意見を持つ人もいるかもしれないけれど、僕はそれ以上に「それでもいいんだ……」と救われる人のほうが多いんじゃないかと思う。『パパのココロ』の第１巻が発売されたのが１９９５年。実は当時からご近所だったらしく、作中に出てくるショッピングセンター「オズ」には、することも金もない、当時中高生だった僕も、よく友達とヒマつぶしに行っていた。もしかしたらそこで、ラズ先生ご一家と何度かすれ違っていたかもしれない。その後先生は『酒のほそ道』で確固たる地位を築き、僕は酒好きになってその愛読者となり、やがて光栄なことに、酒席を共にさせてもらうようになった。ちなみに成長されたかぼちちゃんは今、なんとデジタルで先生の漫画の仕上げ作業を手伝われており、今や娘さんがいないと、『酒ほそ』は完成しないのだそう。そしてまた現在、今度は自分がまさに『パパのココロ』の世界にいて、こうして子育てエッセイを書いている。なんとも不思議な時の流れの連なりを感じざるをえない。

冒頭で書いた〝エモみ〟をもっとも感じられるツールが、今は多くの人にとって「スマホのカメラロール」ということになるのだろう。けれどもそこにほんの少しでも、当時の自分が感じていたことの記録が加わることにより、エモみは倍増する気がする。なにも漫画やエッセイでなくていい。書ける日にだけ書く1行日記のようなものだけでも、残しておくだけで、それはとても良い、未来の酒の肴になる気がする。

子どもの成長

ついにこのときが来てしまった……。娘の、保育園最年長クラスへの進級。つまり、0歳児クラスから長く通ってきた保育園にお世話になるのも、今年度が最後というわけだ。そのことを考えるだけで、すでに寂しい。

つい数か月前までは、一緒に朝の送りに行くと、まずは着替えやら水筒やらの準備をあれこれ手伝い、その後しばらくは、「パパ、まだいっちゃだめ！」「だっこー！」などと、なかなか帰してもらえなかった。仕事が立て込んでいるときなどはそれがもどかしく、「ぼこちゃん、今日はパパ、お仕事で急いでるって言ったよね！」などど、軽くイラついてしまうこともあった。なのにだ。最年長クラスになったとたん、その自負が芽生えたのか、な〜んにも手伝わなくてもさっさと自分で準備を済ませ、僕が「もう行っても大丈夫?」と聞くと、「うん、ばいば〜い！」なんて軽く言ってくる。ポツーン……って感じ。いや、もっと寂しがっていいんだよ⁉

この連載で「子育ては常に切ない」という話を書いたのが、ちょうど1年前のこと。そこに、娘が大好きだった先生が、年度末をもって辞めてしまう際のエピソードを書いた。そのときは、感動のお別れシーンにあたり、娘はむしろきょとんとし、僕が必死に涙をこらえていた。けれどもたった1年で、娘の心はずっと複雑に成長したらしい。今年もまた、好きな先生が、しかも同時に3人も辞めてしまうことになり、娘は数日前から、「せんせいがやめちゃうのさみしい……ぜったいいや!」と、とても寂しがっていた。

3月最後の登園日の朝、娘は、先生たちあてのプレゼントと、手紙を準備していた。プレゼントは、折り紙で作った家。それから、折り紙を小さく切って貼り合わせた便箋に、たどたどしい文字で「〇〇せんせいへ　だいすき　ずっとともだちだよ」と、それぞれに書く。妻がそれをひとつずつ、小さな袋に入れてかわいくラッピングしてあげている。そんなのを見てしまったら、もう、ダメ。洗面所へ行って人知れず泣き、顔を洗って戻ってくることをくり返すしかない。先生のことを「ともだち」と書く感覚も、大人にはないものだけど、だからこそ純粋な気持ちなんだろうなと、感慨深い。

毎日顔を合わせているとつい忘れがちになるけれど、子どもというのはこうやって、心も体も、日々信じられないくらいのスピードで成長しているのだ。

先日、地元の石神井公園で花見をした。桜が6~7分咲きくらいまで咲き始め、ぽかぽかと暖かい絶好の花見日和。地元の友人知人とその家族が何組か集まって、昼から夕方まで、とても楽しい会だった。

参加したうち、親子連れは我が家を含めて3組で、子どもたちは奇遇にも、全員が女の子。ひと組が中学1年生と小学4年生の姉妹。さすがにもうお姉さんの雰囲気で、娘の無邪気な話を「そうなんだ～」などと優しく聞いてくれてありがたい。もうひと組は、小学校3年生と、春から小学生になるという姉妹。やはり兄弟がいると成長はより早いのだろう。また、お母さんが大変ファンキーな方というのもあり、その姉妹は、すでにアメリカのティーンドラマに出てきそうな風格がある。下の子が娘の1歳上とは、とても思えない。そんなメンバーだったが、やっぱり子どもらしいところは当然あって、我々が宴を開いている横で、元気に遊びまわっている。

しばらくして中1小4姉妹がボール遊びを始めた。使っているのは、革布に綿をぎゅぎゅっと詰めたような、柔らかいけど重みもしっかりとあるボール。娘はそれに混ざりたがり、姉妹は相手をしてくれることになった。僕が娘とボール遊びをする場合、使うのは軽～いゴムボール。それを、なるべくとりやすいようにふわっと胸元に投げてやって、とれたら毎回「すご～い！」なんて拍手をする。親バカだ。ところがその姉妹とのキャッチボールは様子が違う。上のお姉さんが娘に向かって、上投げで、けっこうな勢いでボールを投げている。こわがるだろうと見ていたら、なんと娘も果敢に食らいついている。まるでスポ根ドラマのワンシーンだ。しかも、毎回ではないけれど、3回に1回くらいは、どすん！　とキャッチできている。僕はびっくりして、素で「すご！」と言ってしまった。兄弟姉妹のいる子どもっていうのは、こうやってたくましく成長していくんだろうなぁと、感動と反省の入り混じる気持ちで眺めつつ。

その一方でまったく成長のない僕だが、この春、ひとつだけ酒飲み的な成長があった。いや、成長というか、堕落というか……。

以前、「ピクニックあれこれ」という回で、「〝暗黙のノンアル〟問題」について書いた。たまに保育園の家族同士で公園でピクニックなどをすると、親たちはなんとなくノンアルコールが基本、というものだ。ところが先日、ついにその暗黙の了解が解かれる出来事があった。

先の花見から2週間後、こんどは保育園の友達家族数組が集まる花見に誘ってもらって参加した。妻は料理を何品かと、生のいちごを使ったいちごシロップや、カットレモンを準備してくれている。もちろん、子どもたちや飲めない人でも楽しめるように炭酸水も用意していたが、僕的にはもう、飲まずにはいられない。いいだろ、花見だし。と、ビール2本、スパークリングワイン1本を持って参加した。

現地へ行くと、すでにけっこうな規模の会場ができていた。なかにはちゃんと話すのは初めてのお父さんお母さんもいる。そしてちらほらとではあるけれど、缶チューハイや缶ビールを飲んでいる方もいる。僕はちょっと安心し、ぷしゅりとビールを開けた。

今年は花見運に恵まれた。雨の週末もあったが、それをうまく避け、この日も日焼けしそうなくらいの好天だ。子どもたちは子どもたちで、サンシェードテントでお菓子の交換会をしたり、周囲でシャボン玉をしたりと、元気に遊んでいる。僕はだんだんいい気分になり、クーラーボックスから取り出して、スパークリングワインの栓をポンと開けた。そこに妻作のいちごシロップやカットレモンをぽちゃんと足すと、最高にうまい。あぁ、天国。

そこで妻が気を利かせ、周囲のパパママに「よかったらどうですか？　お酒でも、炭酸水割りでも」と声をかけてくれた。するとみなさん顔がほころび、けっこうな割合の人が、酒のほうを選んで飲み始める。そのフルーツ入りスパークリングワインが大好評で、そこからはもう、飲み会モード突入だ。僕が子どもたちが喜ぶかと思い持っていったアウトドアテーブルは「酒飲みチーム」の宴会場と化した。あっという間にワインが空いてしまい、当然「買ってきます？」となる。宴は5時間続き、最終的にスパークリングワインが数本と、缶ビールやチューハイもたっぷり空いていた。な～んだ、みんな好きなんじゃん！

長年保育園に通ってきて初めて、同じクラスのパパママたちと「どんなお仕事をされてるんですか？」なんてプライベートな話ができたのも、あの空気感があってこそだろう。きっとコロナがなければ、こういう機会はもっとずっと早く訪れていたんだろうなと思うとちょっと悔しいけれど、これから取り返していけばいい。実際みんな「こういう会、もっとやりましょうよ！」と盛り上がっていたし。

あ、ただ、最後にひとつだけ。子連れ野外宴会で、どうしても避けられない苦行がある。それは、「酒を飲んだ状態で鬼ごっこの鬼をやらされる」こと。あれはやばい。下手するとまじで吐く。子どもって、なんであんなに鬼ごっこが好きなんだろうか……。

アウトドアカートとテーブルを組み合わせ
そこに収まる娘

子を叱る

僕がいちばん苦手なことのひとつが「人から叱られること」であることは間違いない。人から叱られることが嫌すぎて、そこから逃げるように逃げるように生きてきた結果、最近やっと人から叱られる機会も減ってきてほっとしている今の自分がいると言っても過言ではない。

そもそも人が人を、〝叱って伸ばす〟という発想自体、幻想なんじゃないだろうかとすら思う。会社に入ってきた新入社員を、それより経験を詰んだ先輩（先に入社したんだから当然だ）が、なにかミスをするたび強い口調で叱る。その語気の強さなどによって事の重大さを伝えようという意図があるんだろうし、本人は「相手のためを思って」という気持ちなのかもしれないけれど、当の叱られてるほうは、同時に怨みの気持ちもつのらせてゆくことになる。それに、僕のこれまでの社会人経験上だけで言えば、誰かを叱っている人は、むしろ個人的なストレスを発散したり、ナルシシズムに酔っていいるようなことが多かった気がする。もちろん、この世には叱り上手な人というのもいるのだろう。なのでこれは、完全に個人的な偏見だと断っておくが。

若かりしころは、ぶっ飛んだ感性のミュージシャンやアーティストに憧れて、そういう活動を自分でやってみたりもした。けれども根が徹底的に器用貧乏で、なにをやってもそれなりにはできても、一方、なにをやっても及第点のものしか作れない。今となってはそんな自分をすっかり受け入れ、だいぶ生きやすくなったものの、ずっとそのことがコンプレックスだった。ただ、器用貧乏にも便利なところはあって、会社組織などにおいては、とりあえずそれなりにうまく立ち回ることはできる。つまり、大出世はしないけど、叱られることもあまりない、という感じ。それだけに、たまに怒りのツボのよくわからない取引先の人なんかに不条理に叱られたりすると、すぐに心がパリーン！　と割れる。とても耐えられない。結果、その人と関わり続けなければいけない環境から極力早く逃げよう、という思考になる。

先日娘を連れて行った「交通公園」でこんなことがあった。子どもたちが無料でレンタルできる自転車の駐輪場で、見知らぬ小さな女の子が、自転車のスタンドをうまく立てることができずに苦労していた。どうやら親御さんは少し離れた場所にいるようだ。そこで「大丈夫？」と声をかけ、何気なく手伝ってあげていたとき、僕に向かって、関西弁の強い口調でこんな声が飛んできた。

「お宅の子、コース逆走して、他の子、こかしてましたよ！」

「？」と思ったときにはもう、その男性はスタスタとその場を去ってしまっていた。つまり、僕のことをその子の父親だと思ったのだろう。「いや、この子は今初めて会った子で……」などと言い訳することもできず、ただただ「人から叱られた」という辛さ、悔しさだけが心に残った。そんなにライトに人を叱っちゃだめだろう、見ず知らずの人よ。その件はどうにも消化できないまま、けっきょく小一時間引きずった。

そんなことだから、当然人を叱ることも苦手だ。というか僕は、日々酒ばっかり飲んでへらへらしているだけの人間で、人を叱る資格というものをまず持ち合わせていない。心からそう思う。

ただし、ここから先に矛盾が生じることになる。こと「子育て」においては、やはりどうしたって、娘を叱らないといけない状況というものが発生する。まだ5歳の娘は、僕ら親より圧倒的に人生経験が少なく、日々生きていくなかで、小さな間違いをたくさんしてしまうから。そして、それを正すのは親の役目らしいから。自分が娘よりも立派な存在だなどとは微塵も思っていない。だけどわかりやすく言えば、食事中に汚れた口を服の袖でぬぐってしまったら、「ぼこちゃん、お洋服じゃなくてティッシュで拭いて！」と叱らざるをえない。しかも、それを優しく指摘できているうちはいいけれど、何度も同じことをくり返されたり、自分に気持ちの余裕がないときなどは、そこにイライラの感情がのってしまう。自分がいちばん苦手なことを娘にしてしまう。当然、あとから後悔の念が押し寄せる。

そもそも僕は、世の中においてもだいぶ、大人として立派ではない部類に含まれる人間である自覚がある。また、娘に対しつい頭ごなしに「ダメ！」と言ってしまうことも多いが、その叱りかたは正しくなく、「こういう理由があるから、こうしてね」と説明してあげるのがよりよい方法だと、よく妻に叱られているほどだ。つまり僕にとって子どもを叱るという行為には、常に矛盾がつきまとう。自分で言いつつ「どの口が言ってんだ」と、心のなかでつっこみたくなってしまうことも多い。

たとえば休日などに、ふだんはなるべくさせないようにしているものの、特別に娘が好きなアニメなどをつけながら夕食を食べているとき。当然娘はアニメに気をとられ、たびたび箸が止まってしまう。そこで僕が言う。「ぽこちゃん、アニメに夢中になりすぎない！　ごはんもちゃんと食べる！　時計の針が下向くまでに食べ終わろうね」。娘はそのたび「は〜い」などと言い、そんなやりとりを何度かしつつ夕食を食べ終えることになる。なのにだ、「ごちそうさま！」と言って違う遊びを始めた娘を眺めながら、僕はまだ、残ったおかずをちびちびつまみ、酒を飲んでいるのだ。あげくの果てに、おかずもなくなってしまって、「漬物かなんかなかったかな？」なんて冷蔵庫に向かったりする。こんなにも大いなる矛盾があるだろうか⁉

叱ることに関する矛盾はまだまだいくらでもある。

娘が「もう、おなかいっぱい」と言ってごはんを残してしまったあとにすぐ、「なんだかアイスがたべたいな〜」と言ってきたとき、当然「ごはん残しちゃったのにアイスはおかしいでしょ！　栄養もかたよっちゃうよ」と叱らざるをえない。ところが僕は、なるべく長く酒とつまみをちびちびやりたいから、夜は基本、米などの主食を食べないタイプだ。まさに〝どの口が〟という話。

日中、娘が居間に置いてある非常用のランタンをつけて遊びだし、居間のカーテンを全部閉めてしまって、「これはおもちゃじゃないの！　本当に使いたいときに電池がなくなっちゃうからやめてね」と叱ったこともあったが、実はこっちも、その非日常感にわくわくしていたことは秘密にしておきたい。

しまってもしまってもまた出してきてしまい、毎日のように「おもちゃは使ったら片づけて！」と叱っているが、これもまた、謎のキッチングッズであふれかえった自分の部屋を見てから言えという話。

「ぽこちゃん、きょうはおふろにはいらないでねちゃいたいな〜」と言う娘に、「お風呂は毎日入らないといけないんだよ。清潔にしてないと病気になっちゃうこともあるからね」と言う日も多い。ただその前日、酒を飲んで終電ぎりぎりに帰宅し、服も着替えないまま寝ていた僕にだけは、娘も言われたくないだろう。

つい数時間前も、寝かしつけを担当し、ベッドに入って電気を消したあとで、「えほんちょっとみたい」「むぎちゃのみたい」「トイレいきたい」などのリクエストを連発され、「もうこれで最後！早く寝る！　明日起きられなくなっちゃうよ！」と、最終的に強めに娘を叱ってしまった。ところがその後、娘が寝たのを確認して妻と交代し、自室のふとんに移動すると、なんだか目が冴えてしまっている。しかも、つい無益にスマホなどをだらだらと眺め始めてしまい、よけいに眠れない。こりゃもうだめだなと諦めてむくりと起き、締め切りのせまったこの原稿を書いている現在時刻、午前3時半。これを矛盾と言わずしてなんと言おう。今、自分が自分に対して心の底から言いたい。「明日起きられなくなっちゃうよ！」。

こうして書き出してみると、娘に対し、「こうしたほうがいいよ」とアドバイスすべきことはたくさんあるけれど、本当に叱るべきことって、そんなに多くはない。もちろん、これからもっともっと複雑な「社会」というものに関わっていくようになれば、また話は変わっていくのかもしれないけれど。

そのときどきで、せめて親の役割というものを自分なりに考え、なるべくなら感情的になることなく、娘と接していくことにしよう。って、それが簡単にできたら苦労はないんだけど。

3年ぶりの家族旅行

コロナの影響で、娘を長らく旅行らしい旅行に連れていってやれなかったのは、現在までの子育て人生において、特に無念と感じることのひとつだ。3、4、5歳という、心身が成長しまくる期間、できればいろいろな場所へ一緒に行って、旅先ならではの刺激や、その楽しさを味わわせてあげたかった。

そんな家族旅行に数年ぶりに行けたのは先日のこと。行き先は、鎌倉。

妻の実家が神奈川県の相模原市にあり、今年の年始に帰省する予定があった。ところがタイミング悪く僕が体調を崩してしまい、いったん延期させてもらって次の機会。こんどは娘が体調を崩し、また延期となってしまった。長らく娘に会えていない妻のご両親に申し訳なく思いつつ、ついに帰省が実現したのが今年の4月。娘の誕生月ということもあり、妻の実家に泊まった翌日、そこから遠くない鎌倉に宿をとって、家族で娘の誕生記念の旅行に行こうということになったのだ。

家からのアクセスが良いこともあり、湘南、鎌倉方面は大好きで、妻とは何度も旅行に行ったことがある。娘がまだ1歳半のころ、家族でも一度行っていて、そのときのコースや宿がとても良く、思い出もたくさんある。僕がだっこ紐に前向きにのせ、生まれて初めての海を見せてやったときの、娘の不思議なものを見るような表情。海辺の直売所で買った、とれたての生しらすやかまあげしらすの美味しさ。部屋と洗面所を仕切るのれんがやたらと長く、まだよちよち歩きの娘が、何度もそこを「ばあ！」とくぐっては、大笑いしていたこと。それから、宿に温泉大浴場があり、それがとても良かったこと。ところがその大浴場は、おむつのとれていない子どもは入れない決まりがあって、僕と妻は交代で入り、娘は部屋風呂にしか入れてやれなかった。そのとき、「ぼこちゃん、大きくなったらまたここに来て、そのときは大きいお風呂に入れるといいね」と、親子で話したことをよく覚えている。

今回もその宿「鎌倉パークホテル」に宿泊した。と、言いたいところだけど、まず宿に対する誤解がないよう先に説明しておくと、鎌倉パークホテルに大浴場はない。つまり、僕も妻も一緒になって、思い出の宿を間違えて記憶し、鎌倉パークホテルを予約してしまっていたのだった。今回の久々の家族旅行は、そんな調子で、なんだか想定外のことばかり起き、だからこそ強く記憶に残る旅となった。

旅行当日の、僕の理想的計画はこうだった。妻の実家を午前中に車で出発し、まずは鎌倉方面へ行くときに必ず寄るしらすの直売所「三郎丸」で、生しらすと釜揚げしらすを1パックずつ購入。そこからすぐ近くの鎌倉パークホテルに行って一度荷物を預け、どこか海沿いのカフェなどで昼食をとる。時間になったら宿にチェックインし、すぐに温泉でひとっ風呂。浴衣に着替え、眼下に広がる陽光きらめく相模湾を眺めつつ、しらすをつまみにちびちびと酒を飲む。やがて早めの夕食の時間になったら家族で旅館の料理に舌鼓を打ち、もう一度温泉に入って、あとはふかふかのふとんでのんびりと過ごす。なんと完璧で、ぜいたくな一日だろうか。

ところがまず、その日はあいにくの雨だった。しかも生半可な雨量ではなく、海岸線までたどり着くと、引くほど海が荒れている。じっと見ているとこわくなってくる。それでもなんとか目的の三郎丸へ到着。ところが無念にも、店のシャッターは降り、そこにはこんな貼り紙があるのだった。「荒天のため、本日の漁および営業はありません」。考えてもみなかったけど、そりゃあそうか。いきなり出鼻をくじかれてしまった。

とりあえず宿に向かい、荷物を預けることにする。その際、不安定な場所にあった娘のお気に入り、『ミュークルドリーミー』の、れいくんのぬいぐるみが、トランクをあけた衝撃で水たまりに落ちてしまう。とっさに拾ったから汚れはさほどではないけれど、ふさふさだった毛並みがしっとり濡れ、なんだかかわいそうな見た目になってしまった。そこで大泣きしたり怒ったりせず「も〜」と言うくらいの娘の、なんと人間のできたことか。

幸い宿の隣に「ヴィーナス カフェ」という店があり、この天気だと昼食はそこしか選択肢がなさそうだ。そこで「湘南シラスのポキボウル」「シュリンプタコスセット」「ふわふわパンケーキ」を頼み、家族でシェア。プラス200円で頼めるランチビールでやっとひと息つきつつ、目の前の荒れ狂う海を眺めながらのおしゃれカフェランチは、料理も美味しくてとてもいい経験となったが、外は油断するとすぐ傘が裏返りそうになるほどの雨。たった数メートルの往復で、全員びしょ濡れになり、娘は悲鳴をあげていた。

その後なんとか宿に到着して人心地つくも、なんだか妙な違和感がある。まず例の、部屋と洗面所を仕切るやたらと長いのれんがない。それから、チェックイン時、温泉大浴場に関する説明がないことも気になった。宿のしおりにも、どこをどう見ても大浴場がない。そこでやっと、僕と妻が大いなる間違いをしていたことに気づく。あの、のれんと大浴場の、前回家族で泊まった宿、ここじゃなくて同じ海沿いの「ＫＫＲ鎌倉わかみや」という宿だった！　鎌倉パークホテルは、そのひとつ前の鎌倉旅行で、夫婦で泊まった宿だ。ふたりとも、すっかり記憶を混同してしまっていたようだ。なんてこった。妻はしきりに「勘違いしちゃってた、ごめん……」と謝るが、僕も完全に同罪。旅行前、「ぼこちゃん、今回は大きいお風呂に入れるよ！　楽しみだね～」なんて話していたのに、その計画は白紙になってしまった。それでも娘は不満を言うことなく、いつもと違う環境に興奮して「ホテルっていいところだね～」「パパ、みて！　おへやのおふろ、ふかいよ！」などと喜んでいてくれ、心が救われる。

それはそれとして、突然にすることがなくなってしまった。しかたがないので僕は、ずぶ濡れになりながら徒歩5分のコンビニに行き、漬けものや乾きものなどを買ってきて、ちびちび飲み始めた。その横で娘はごろごろしながら、タブレットで大好きなポケモンのアニメを見ている。ふだん家にいるのとやっていることが変わらない。なんなんだこの状況は。それでも妻は、「そのうち雨が止んで、虹でも出たらいいね」なんて言ってくれ、つくづく僕は、家族の前向きさに助けられているなぁと感謝しつつ、缶チューハイを飲んでいた。

信じがたいことだけど、しばらくしてふと窓の外を眺めると、海上に見事な二重の虹がくっきりと浮かんでいて、あわてて妻に伝える。その瞬間、僕はこの旅行のことを、ずっと忘れないだろうなと強く感じた。娘にも教えてあげようと見ると、はしゃぎ疲れたのか、座布団の上でぐっすり眠ってしまっている。のんきなもんだ。夕食も近かったので起こそうとするけれど、どうにも起きてくれない。ただ、そのことを宿の人に相談すると、柔軟に時間をずらしてくれたり、娘の体調を心配してくれ、なんだかんだ、今回この宿に泊まれて良かったなと思えた。

その日の夕食がすごかった。あまり記憶にないから、前回は素泊まりだったんだろうか。刺し、ゆで、焼き、鍋、食べきれないほどのたらばがにとずわいがにのオンパレードに、これまた信じられないくらいうまい和牛のしゃぶしゃぶなど、こんなごちそうを食べたのはいつ以来だろう？　という豪華さ。合わせて頼んだ湘南の地酒「天青」もうまい。宿泊費でいえば我が家的に少々値は張ったけど、そこらの料理屋ならば食事代だけでももっと高額になるに違いないことを考えると、あまりにもお得な宿だ。あぁ、次回の鎌倉旅行では、鎌倉パークホテルとＫＫＲ鎌倉わかみや、どっちに泊まろうか……。

翌日は天気もすっかり回復し、やっと穏やかな海を眺めながら朝食をとることができた。その朝食がまた絶品すぎ、ふだん朝は食べないのに、ごはんのおかわりまでしてしまった。その日はビーチ散策や鎌倉観光などを楽しむことができて、荒天、晴天、両方の鎌倉を味わえたことは、むしろラッキーだったんじゃないかと思えた。

これからの人生であと何回、家族で旅行に行けるだろうか。自己満足なのかもしれないけれど、娘になるべくたくさんの経験をさせてやるためにも、仕事、がんばんないとな……。

すこし不思議な話

もう10年近くも前のことになるけれど、結婚後しばらくすると、夫婦で「うちにも子どもが来てくれるといいね」という話が出るようになった。しかしそれから子宝に恵まれるまでにはなかなか時間がかかり、「もしかしたらうちには来てくれないんじゃないだろうか……」と、ふたりで暗いムードになりがちな時期も長かった。そんな折、すこし不思議で、今思い出してもあれはなんだったんだろう？　という出来事があって、いまだに忘れられない。

ある夏の夜、日中の暑さも和らぎ気持ちのいい気候で、なんとなく夫婦で、家の近所の石神井公園に散歩に行くことにした。石神井公園内は、東京23区内とは思えないくらいに自然豊かで、まるで避暑地にやって来たかのようだ。しばらく歩いていると、前方の木々のあいだの空中に「妖精のよう」と表現するのがぴったりの、数十個ほどの光の粒が見えた。それはくるくると渦を巻きながら、踊るような、無邪気に遊ぶような軌道をしばらく描き、そして消えてしまった。近くに街灯でもあれば、それに照らされた虫だろうな、くらいにしか思わないが、光の消えた場所は完全な暗闇。

夫婦ではっきりと見ていて、けれども自分たちの知識のなかで説明のつく現象はなく、「今、なんかきれいな光見えたよね？」「うん、もしかして、うちにも子どもがきてくれる前兆なんじゃないの？」なんて話をしながら帰った。

その後すぐに妻の妊娠が発覚し、今こうして子育てエッセイを書いている。僕は、過度にスピリチュアルに傾倒した人間ではない。けれどもこの世には、運命とか、言葉で説明できないような不思議な力みたいなものがあることは信じているし、全国各地にある神社仏閣や神様たちも敬うようにしている。特に、人生をかけるほどに好きな「酒」や「酒場」に関しては、奇跡としか思えないような体験をたくさんしてきた。だからきっと、あの不思議な光も、我が家に子どもがやってきてくれたこととなんらかの因果関係があるんだろうな、と、なんとなく思っていた。そういう神頼み的なものにさえ、とにかくすがりたかった時期でもあったんだろうけど。

娘が3歳くらいのころだったろうか。ある夜、いつもどおりに家でたわいのない話をしていたら、娘が突然こんなことを言いだした。

「ぽこちゃんね〜、うまれるまえに、ようせいになって、そらからぱぱとままをみにきたことがあるんだよ」

僕はゾクッとした。当然、あの不思議な光のことを思いだして。そこで聞く。

「それってもしかして……石神井公園のお空？」

すると娘は言った。

「ううん、えきまえ」

思わず吹き出した。もし地点が一致してしまったら、「子どもはあらかじめ親を選んで生まれてくる」みたいな、ぼくがいちばん嫌いな説をうっかり信じてしまうところだったかもしれない。たぶん娘は、そんなようなニュアンスの物語をどこかで聞いたかして、空想上の話をしただけだろう。あぶないあぶない。不思議な話に、答え合わせなんていらないのだ。

もうひとつ、こんなこともあった。僕は男でひとりっ子だから、そもそも我が家に生まれてくるのが女の子という発想がなかった。ところが妻の妊娠が発覚し、まだ性別もわからないくらい小さな命だったころ、妻とふたりで部屋で過ごしていたら、突然、その部屋で、髪がサラサラの元気な女の子が遊んでいる後ろ姿のビジョンが、ぶわっと頭の中に浮かんだのだ。まさに今の娘のような。あれもなんだったんだろう？　ただ酔っぱらいすぎていただけかもしれないけれど、その瞬間、「あ、うちに来るのって女の子なのかー」と自然に思い、実際、そのとおりになった。

そもそも、人の体にもうひとつの命が宿り、成長してふたりの人間になる。しかも、生まれた瞬間から肺呼吸をしだす。その不思議さって、考えてみれば普通じゃなさすぎる。今こんな文章を書いている自分も、それを読んでいるあなたも、ひとしくその過程を経てここにいるのだ。まさに奇跡だし、妊娠中や、子どもが小さなうちというのは、不思議なことのひとつやふたつ、そりゃ起こるだろうという話だ。

子どもが生まれたことによる、予想外だった自分自身の変化もある。

僕はとにかく、死ぬのがこわかった。中学時代のある日、「自分がいつか死ぬ」ということをただひたすらに、具体的に考えつめてみたら、おそろしくて涙が止まらなくなり、それ以降は二度と考えないようにした。そして、「せめて150歳までは生きたいなー！　まだだいぶ先！」という楽観的死生観を採用して生きてきた。

ところがこれも、娘が3歳くらいのころ。ある初夏の休日で、家でだらだらと昼酒を飲み、窓から吹き込む心地よい風を感じつつ、半分昼寝状態になっていたときのこと。娘は本当によく笑う明るい子で、そのときも妻と、ふざけあってはなにやらずっと笑っていた。僕は夢うつつの状態でその声を聞きながら、「あの世ってこういう感じかな？　だといいな」と思った。というか、「今、このまま死ぬのって、けっこう幸せなことなんじゃないの？」とすら思った。大いなる変化だ。

もちろん、きちんと頭が覚醒している今現在は、やっぱりできれば長生きしたい。けれど、中学時代のあの日ほどの恐怖はもうないというか。そんなふうに思えるようになったのも、「子ども」と「酒」という、今現在の僕における、世の二大神秘ともいえる存在の、不思議な力のおかげだろう。

6歳
早いもので
おたんじょうび
おめでとう

家族で鳥貴族

娘が生まれる前は、妻とふたり、休みが来るたびにあちこちの街へ出かけていって酒場めぐりをした。妻はもちろん酒場も好きだけど、それ以外の、普通のレストランだとか、イタリアンだとか、小洒落たカフェだって大好きだ。にもかかわらず、当時その魅力にどんどんハマっていく最中で、とにかくやたらと大衆酒場に行きたがった僕に、ひたすら付き合ってくれた。ありがたい話だ。あのころの経験が、今の僕の「酒場ライター」という仕事の基礎になっていることは間違いない。

もちろん、妻が妊娠して以降は、そういう機会がぱったりとなくなった。寂しいけれど、我が家に子どもが来てくれる喜びが勝って、ふたりとも、辛いとか、がまんしてるとか、そういう感覚にはならなかった。

やがて娘が生まれ、1年、2年と経つと、少しずつ慣らしながらではあるけれど、子連れ外食をする機会も増えてゆく。以前にも書いたが、地元石神井公園の名町中華で、今は閉店してしまった「ラーメンハウスたなか」の座敷には、何度もお世話になった。妻の実家に帰省した際には、町田にある馬肉料理専門の老舗酒場「柿島屋」の座敷で昼飲みもしたし、いまや幻となった天国酒場「たぬきや」にも連れて行けた。また、娘が初めて行った酒場は、地元の「伊勢屋鈴木商店」という角打ち店。そう考えると、なかなかの酒場エリートだな、娘。

けれども、「小さな子どもを連れて夜の居酒屋へ行く」となるとまた話は別で、人によってかなり意見が分かれるところだろう。もちろん僕だって、たばこの煙モクモクの大衆酒場に毎夜子どもを連れていき、夜遅くまで飲んでいる、なんていうのはあまり良くないと思う。なかにはそうしないといけない事情のある人だっているんだろうし、全否定はしないけど。

ただ僕は、人一倍酒場文化を愛する者だ。大衆酒場の良さや、いつでもそこで待ってくれている店の人々と、そこに集まる人々が作る温かな空気も知っている。子どもを居酒屋に連れて行くこと＝悪とは、まったく思わない。そこで娘がだいぶ外食に慣れだしたころ、大好きな地元の沖縄居酒屋「みさき」のテーブル席をひとつ、開店時間の午後5時に予約し、家族で行ってみた。3歳になる直前の娘はまだよちよちしていたが、それでもいつもと違う状況に大はしゃぎし、沖縄風のさかなの天ぷらのはじっこをかじって美味しそうにしたりもしていた。いいぞいいぞ！　これからどんどん、家族でいろんな店にいけそうだぞ！

と、思っていた翌月、日本が本格的なコロナ禍に突入。外食どころか、家から気軽に出かけることすらもままならぬ日々となってしまった。そして娘が6歳になる現在まで、そういう機会は、ほとんどストップしてしまっていた。

ところで最近、娘のなかで「焼鳥」がブームらしい。

そもそも妻が大の焼鳥好きで、子ども時代は、近所の焼鳥酒場のテイクアウト窓口へおこづかいで焼鳥を買いに行き、その場でつまんで、店内の酒飲みたちに珍しがられたりしていたそうだ。もちろん僕だって、焼鳥は大好物。なので我が家ではたまに、テイクアウト専門の店で買ってきた焼鳥がメインの「焼鳥パーティー」が行われる。それがだんだん気に入ってきたようで、「きょうやきとりたべたい！」と、よく言われるようになった。

テイクアウトはもちろん、家でカットした鶏もも肉をフライパンで焼き、半分は塩で、半分はだし醤油などでたれ風に味つけ。一つひとつにつまようじを1本ずつ刺した、1串1肉の〝ミニチュア版焼鳥〟とでもいうメニューもよく作る。これはそもそも、娘がそうやって作ってみてほしいと発案したもので、通称「ぼこちゃんやきとり」と呼ばれている。酒のつまみに、だいぶいい。

そんな流れから、「焼きたての焼鳥も食べさせてあげたいなぁ」と考えるのは当然のことだろう。テイクアウトや自作ももちろんうまいけど、専門店の、焼き台で焼きあげられてノータイムで届く焼鳥のうまさは別格だ。あんなぜいたくな料理はそうそうないなと思うし、確実に日本を代表するグルメのひとつだと思う。娘はもちろん、しばらくあの幸せを味わえていない妻にも食べさせてあげたい。そこで、夫婦で休みを合わせ、保育園へのお迎え時間も少し早め、早めの夕方から家族で焼鳥屋へ行こう！計画を立てることにした。

といっても、カウンター席だけの激渋酒場みたいな店は、当然まだ無理。そう考えると、意外と地元に選択肢が少ない。そこで思いついたのが大手チェーン店の「鳥貴族」。家から最寄りの大泉学園北口店が、やたらと広く、しかも夕方の4時からやっていて、早めの時間はいつも空いている。妻も「チェーン店でもぜんぜん嬉しい」と言ってくれた。よし、娘の人生初焼鳥店は、鳥貴族に決定だ！

決行当日。平日の早めの時間なこともあり、店内は予想どおり、ほぼ貸切状態だった。店員さんに広めのボックス席に案内してもらうと、やっぱり個人経営の酒場とは違う気がねのなさがある。どこかファミレスっぽいというか。思わず、「すみません、子どもが座れるざぶとんのようなものとかってありますか？」と聞いてしまったら、さすがにファミレスではないので、そういったものはなかったけれど、小さなフォークなどの食器を貸してもらえたり、用意のあるなかでものすごく親切に対応してもらえてありがたかった。

娘も最初は、初めての環境にちょっと落ち着かないようだったけど、次第に慣れてきて興味津々にあちこちを指差しては「これはなに？」などと言っている。

さて注文。妻は生ビール。僕は当然、トリキに来たらの定番「メガ金麦」から始める。ただし、ここからの勝手が、ふだんひとりで来る場合と違いすぎるのがおもしろかった。

いつもの僕ならたいてい、酒はあと1杯。そして、つまみは頼んで2~3品。胃の容量的にそのくらいなのだ。しかも「もも貴族焼（たれ）」と「つくねチーズ焼」は固定枠なので、あと1品。これまた定番で、ちびちびつまめて重宝する「ふんわり山芋の鉄板焼」を頼むか、それとも、別に気になるものをいってみるか、それとも、ストイックに焼鳥2皿のみで攻めるか……。そんなせせこましいことを、延々と考えながら飲んでいるのだ。あらためて客観的に書いてみると、なんともしょうもない男だな、自分。

ただ、この日は違う。メニューを次々と見せては「ぼこちゃん、これ食べてみる？　こっちは？」と、まずは娘におうかがいをたててゆく。つくねが食べやすそうなのですすめてみると、塩味なら食べてみたいと言う。この時点で、愛するチーズ焼きは候補から消える。ごはんものも、僕としてはトリキでもっともお得なメニューと信じている「とり釜飯」をぜひとも賞味してみてもらいたい。鶏がらスープで炊いた、炊きたて具だくさんの釜飯、絶対に感動すると思う。なのに、かたくなに「こっちがいい」と言うので、注文は「ご飯セット温玉添え」となった。

他、とにかく食べられそうなものということで、「ふんわり山芋の鉄板焼」「とり天 梅肉ソース添え」「もも貴族焼（たれ）」「ポテトフライ」などをわーっと注文。いち段落してからやっと、妻や僕が食べたい「せせり」「ホルモンねぎ盛ポン酢」「塩だれキューリ」なども追加し、結果、テーブルの上がすごいことになってしまった。鳥貴族に来てこんなにあれこれ頼んだのは初めてだぞ。

安心したことに、娘はどの料理もだいたいひと口ずつ食べては「おいしい〜」と言っていた。特に気に入ったのはとり天で、どんぶりメシの上にのせてばくばく食べていた。僕もひとつ食べてみたけど、肉がでっかいのに柔らかくて衣がサクサクで、確かにうまい。

ただ、娘は早めにお腹がいっぱいになってしまったようで、けっきょく後半はずっと、フライドポテトだけを食べ続けていた。あの、ここ、一応焼鳥屋なんですけど……。

子どもと行く居酒屋。やっぱり、夫婦でのんびりと楽しんでいたころとは過ごしかたがまったく変わる。特に妻は、隣に座った娘につきっきりで、楽しめているかがずっと気がかりだった。けれども、こんな経験も今しかできないこと。また機会を作って、いろいろな店に家族で行きたいと思った。

そういえば、もうひとつだけ印象的だったこと。店内のBGMがかなり大きめで、最初はうるさすぎないかちょっと心配だったんだけど、当の娘は嬉しそうに、曲によってはノリノリで、即興ダンスっぽい動きをしたりしている。僕も妻も音楽は大好きなんだけど、家ではあまり音楽をかけてゆっくり聴くみたいな余裕がまだなかったので、ちょっと意外な、いいシーンだった。

ちなみに特に気に入ったのは、嵐の『Troublemaker』と、mihimaru GTの『気分上々↑↑』とのこと。

パパ友飲み会

0歳児クラスから今の保育園に通い始めた娘も、早6歳。今年度が小学校に上がる前の最後の年になる。ただ、その間のかなり大部分をコロナ禍が占めるという特殊な状況もあり、クラスメイトの親同士や家族ぐるみで付き合ったり、遊んだりするという機会は、これまでほとんどなかった。ところがそんな状況ががらりと変わり始めたのは、つい最近のこと。

きっかけは「子どもの成長」という回に書いた、今年（2023年）の花見が大きかった。あれ以来、子どもたちだけでなく、そこに父母も加えた関係性が、加速度的に複雑に広がり始めている。娘の友達の家に招いてもらうような機会も出てきたし、地元の店「moumou SANDWICHES WORKS」（当時）を借りて妻とその友人たちが1日だけの飲食イベントをやった際も、保育園のクラスメイト家族が何組か遊びに来てくれたりしていた。

園への送り迎えの場でだけ顔を合わせ、挨拶をするのとは違い、一度でもプライベートな場で会ったり、あまつさえ酒まで一緒に飲んでしまえば、どうしたって「顔見知り」からフェーズは移行してゆく。「こないだはけっこう飲んじゃいましたね〜。次の日大丈夫でした？」「いや〜、ダメでした（笑）」。これ、もはや飲み友達の会話だろう。

先日、あえて呼ばせてもらえば、そんな「パパ友」たちだけでの、初めての飲み会が開催された。しかも、ピクニックやお互いの家などではなく、夜の酒場で。メンバーは僕を含む4人。

初めに関係性が近くなったのは、この連載にも何度か登場している、娘がクラスでいちばん仲のいいNちゃんのご家族だ。これまでの人生、常に裏道や横道ばかりを通って生きてきた僕からすると、まぶしいくらいに爽やかなご夫婦なんだけど、よく顔を合わせることもあり、お父さんとは、そのうち飲みに行きたいですね〜なんて話をしていた。

続いて、元気な男の子、Eくんのお父さん。保育園も最後の年となると、園公式のイベントとは別に、親たちが自発的に、なにか記念になるオリジナルグッズ制作とか、思い出を残せる企画を考えましょう、という動きが出てくるもののようだ。そのなかのひとつのプロジェクトに関し、デザイン経験がある父母関係者ということで、僕とEくんのお父さんにご指名がかかった。そこである日、喫茶店でふたりで打ち合わせをすることに。

Eくんのお父さんはいつ会ってもものすごくにこやかで穏やかで、きっといい人なんだろうなと思っていた。実際に会うとやはり僕の予想どおりで、とても話しやすく、アイデアや意見も的確で、共同作業がとてもしやすくありがたい。一方で、ただそれだけではないオーラも、実は以前から感じていた。絶対になにかこう、内にあふれる情熱とか、表現したいものとか、譲れないこだわりを持っていそうな人だ。ぶっちゃけそれが、隠しきれていない。そこで何気なく聞いてみる。「Eくんのお父さんって、音楽とか好きそうですよね。なにかされてたりしないんですか?」。するとやはり「えぇと……やってますね」。決してぐいぐい「オレ、こんなのやってるんすよ〜!」とくるわけではない。けれども「興味あります!」と聞くと、躊躇するでもなく教えてくれる。自分の活動に自信のある証拠だ。しかも、プライベートなことになるから詳細は書けないけれど、教えてもらったそのバンドが、予想の100倍ぶっ飛んでいた。僕の超超超大好きなタイプだ。Eくんのお父さんはそのバンドのボーカルだった。

もうひとりが、娘とはクラスメイトの人数が今よりずっと少ない0歳児クラスから一緒だった女の子、Hちゃんのお父さん。初めてお会いして以来、園で会えば挨拶をするくらいの間柄のまま、もう7年になる。しかしこれまた先日、クラスメイトのある家に招いてもらった宴会で初めて、長くお話をすることができた。

Hちゃんのお父さんもまた、ふだんは物静かで、けれどもその柔らかい物腰に優しさがあふれている人だ。が、なぜかこんなパターンばっかりになるけど、一方で、ただそれだけではないオーラも、実は以前から感じていた。Eくんのとことまったく同じこと書いてるけど。そこでよくよく話を聞いてみたところ、僕よりも10歳ほど年下ではあるけれど、今より若いころは主に高円寺で、日々飲んだくれていたそうで、僕が同じように高円寺で過ごしていた時期ともかぶる。「最終的に、道ばたで知り合ったやつと飲んでるんですよね」「そうそう。で、最後は自分が道に倒れてて」なんて話で盛り上がり、もしかしたら当時すれ違っていたか、なんなら一緒に飲んだことすらあったかもしれない。

もちろん聞いてみる。「Hちゃんのお父さんって、音楽とか好きそうですよね。なにかされてたりしないんですか？」。するとやはり「あぁ、やってましたね」と。しかも、教えてもらったそのバンドが、Tくんのとことはまた別の方向に、予想の100倍ぶっ飛んでいた。これまた僕の超超超大好きなタイプだ。Hちゃんのお父さんはそのバンドのボーカルだった。

って、なんなんだ、偶然出会っただけのはずの、この人たちの濃さは！

そんなメンバーで、なんとなく飲みに行こうという話が出始め、実現したのが数日前。

Nちゃんのお父さんが焼鳥好きで、以前から、僕の好きな石神井公園の焼鳥屋「ゆたか」へ行こうという話をしていた。そこで、石神井飲みの年季だけは入っている僕がコースを提案。まず、午後6時半から7時くらいを目安に、仕事の終わった順に、商店街にある角打ちができる酒屋「伊勢屋鈴木商店」に集合する。集まったらゆたかへ移動。と思いきや、予定の日はうっかりゆたかの定休日だったため、これまた名店で、もつ焼き屋ながら一部に焼鳥もある「加賀山」へ。そのあとは流れで。という計画を立てた。

当日、僕は早めに仕事を終えて銭湯に行き、準備万端、いちばん乗りで伊勢屋へ行く。初夏の夕方という極上の空気のなか、風呂上がりのハートランド瓶をちびちびと飲みつつ待っていると、続々集まってくるメンバー。それぞれが好きに酒を買ってきては乾杯し、すでに楽しくて嬉しくてしょうがない。

全員が揃ったら加賀山へ移動。ひとつだけある小上がり席を予約できていたのも良くて、絶品のもつ焼きやつまみを味わいつつ、キンミヤのボトルを入れてホッピーをがぶがぶ飲みながら、数年ぶんたまった積もる話に花を咲かせる。特にピークだったのが、それぞれの「あだ名決め」タイム。なぜこんなに白熱するんだろう？　という盛り上がりっぷりで、最終的に3人は、それぞれの名前の一部をとって「○○ちゃん」と決まった。これまで探り探り、「○○くんパパ」なんて呼んでいたのに、一夜にしてちゃんづけ。これぞ酒の力。ちなみに僕の呼び名は、すでに全員に仕事バレしており、かつ自分自身も、本名＋ちゃんなんて呼ばれ慣れないにもほどがある結果、「パリさん」となった。

その日はまだまだ勢い止まらず、最終的に流れで、僕ですらその店を紹介して大丈夫な人かどうかを相当慎重に気にする、地元の最ディープスポット「ケンちゃんラーメン」にたどり着いた。いや、ハードルの高い店とかではなく、むしろ逆で、完全に、東京には他のどこにも残っていないような、渋すぎる屋台酒場なのだ。

古い2台の屋台を中心に、鉄パイプで組まれた骨組みとビニールシートを組み合わせた、半分外のような店。引く人は確実に引くだろう。けれどもみんな、「この店、楽しいですね～」なんて言いながら、バカ話や、いかに妻子のことが好きかみたいな、酔った勢いでしかできない話で盛り上がり続けている。本当にいい夜だったし、全員、バラバラにもほどがある人生を歩んできた4人が、なぜか石神井の屋台で、わきあいあいと飲んでいる。この出会いって奇跡そのものだよな。嬉しいな。と、なんだかずっと感動していた。

いつか娘と酒が飲みたいか？

毎年この季節になると、ふと思い出しては笑ってしまうエピソードがある。

あれは2018年のことだから、娘がまだ1歳だったころ。当時住んでいたマンションと同じ町内の、歩いて数分の距離のマンションに引っ越しをすることになった。その賃貸期間が1週間だけかぶっていて、以前のマンションで暮らしつつ、新しい家にも出入りができるというとき。夜、家で寝ていたら、突然エアコンが妙な音をたて、壊れてしまった。当時の家にはエアコンが1台しかなく、居間から寝室にかけての空調をその1台でカバーしていた。ひどい熱帯夜で、室内が暑くなるにつれ、娘ははぁはぁと息を荒げ、汗をかき、ついに眠れなくなってしまった。そこで夫婦で話しあった結果、急遽、一時的に新しい家に避難しようということになった。そちらの家には部屋ごとにエアコンがあり、電気もすでに通っている。大急ぎでアウトドア用のカートに、最低限の寝具やおむつ類、食料などを詰め、妻がだっこ紐で娘を抱え、一家3人、新しいマンションへとぼとぼと歩いてゆく。時刻は深夜2時。はたから見たら、完全に夜逃げの図だ。あんなにも絵に描いたような夜逃げはなかなかないだろうというくらいの。結果、数日後に引っ越す予定のなにもない部屋で親子3人、朝までなんとか涼しく寝られたんだけど、今思うとあの必死さ、当人たちはものすごく切羽詰まっていた感じが、なんだか微笑ましい。

そのときに乳飲み子だった娘も、ずいぶんとお姉さんになってしまった。口はすっかり達者だし、手足のひょろ長さなど、朝夕の着替えのタイミングでふと見ると驚いてしまうくらいだ。

ところで、僕と同じく女の子の子育て経験のある飲み友達の友人知人には、大きくふたつの流派があるようだ。ひとつは、「将来、彼氏なんかを連れてこようものなら、それがどんな男であろうと絶対に許さない！」というタイプ。もうひとつは、「子どもなんてさっさと成長して、結婚して家を出て自立してほしい。そしたら自分の好きなことができるし」というタイプ。ふたつに分類してしまうのは極端すぎるけど、娘を持つ男親というのは、そのどちらかのスタンスに寄ることが多いようだ。

で、自分はどうだろう？ と考えると、これが〝中立〟としか言えない。そりゃあ将来娘が酔っぱらって呂律も回っていないような状態の男を「この人と結婚したいんです」と連れてきたら、怒りもするだろう。けれども、そんなよっぽどのことでもない限り、娘の好きに生きてもらうのがいちばんだ。そもそも僕自身が、誰かを認める認めないなんていう偉そうな判断をできる人間ではないので。

僕はこのような仕事をしていて、さらに子育てに関するエッセイなどを書き始めてしまったため、最近よく人に言われることがある。

「将来、娘さんとお酒を飲めるのが楽しみですね」

そのたび、なんとも言えない違和感を感じてしまう。娘と酒を飲むことは、はたして幸せなんだろうか？　そもそも、酒は嗜好品。さらに、体質によって合う合わないがある。僕の両親も、僕も妻も酒が好きだから、娘だって体質的には酒を受けつけないという可能性は低いのかもしれない。けれども、たとえば娘が下戸だったとして、それでがっかりするということはない。むしろ、酒なんていう体に悪いもの、飲まないで済むならばそれに越したことはないとすら思う。

とにかく、娘にはすべての選択肢において、好きなように選んで人生を歩んでいってもらいたい。僕の子どもだから、遺伝的にものすごく運動神経がいいということもないのかもしれないけれど、望むならば体操選手としてオリンピックで金メダルをとることを目標にしてもらったっていい。文学、アート、音楽、どんな分野に興味を持ったっていいし、持たなくたっていい。ただ、人としての道を踏み外さず、自分の尺度で幸せだと感じられるような人生を歩んでくれたらと思う。

そんななかで、もしも酒が好きになり、一緒に乾杯でもできたら、確かに幸せなのかもしれないけどな〜、あんまり実感が湧かないな。そりゃそうか。娘はまだ6歳。今はひたすらにポケモンに夢中な日々を送っているんだもんな。

僕の父はわりと早くに亡くなってしまったので、サシで酒を飲むという経験をしたことがない。人生のほんのりとした後悔のひとつだ。その後、母とは何度か飲みに行き、こういう幸せもあるのかという感覚も味わった。しかし、う〜ん、親と子と酒。こんなにも付き合いかたのよくわからない事象も、僕にとってなかなかない。

まぁ、娘が法律的に酒が飲めるようになるのは14年後。そのときが来るのを楽しみにしていればいいか。で、そのときの自分は、今が44歳だから……あまり深く考えるのはやめておこう。

初めての、娘がいない夜

保育園や幼稚園にはたいてい「お泊まり保育」と呼ばれる行事がある。最年長の年、子どもたちが生まれて初めて（ではない子もいるだろうけど）、親と離れ、通っている園に1泊するという行事だ。娘の通う園でも、先日それがあった。

今までにないことだから、娘はもちろん、親である僕と妻も、日が近づくにつれ、楽しみと同時に、不安や心配も高まっていった。事前に配られたしおりに、全2日の行程が書いてある。どうやら初日は、園に集まったあとにみんなでバスに乗り、奥多摩方面まで行って、アウトドア体験をしたり、お弁当を食べたりするようだ。その後は園に戻り、花火をしたりして、夕飯を食べたあとに就寝ということらしい。すべてが初めてのことで、娘は数日前から何度も自慢げに、その行程についてを僕や妻に説明してくれていた。

ものすごく楽しみそうではあるけれど、たまにぽつりと「ままとぱぱとねれないの、ちょっとこわい……」などと言っていて、そのたび僕らも「大丈夫だよ〜。だって、パパもママも近くのおうちにいるし」などと笑って対応する。だけど、実はこちらも、娘とまったく同じ気持ちなのだった。当日の朝、妻は早起きをして弁当作りをしてくれた。それを持って、いつもと変わらず、娘を園へ送り届けにゆく。娘にはとにかく意識的に「お泊まり楽しみだね〜。いいな〜！」なんて明るく声をかけつつ、実はやっぱり、自分も無性に寂しい。

その日が始まってしまえば、あとはいつも通りだ。日中は粛々と仕事。午後からは、自分と、同業者のスズキナオさんと、漫画家のラズウェル細木先生の3人展がちょうど開催中であり、そこへ顔を出す必要があったので、会場であるギャラリー「ＶＯＩＤ」のある高円寺に向かう。

途中に前を通りがかったパン屋に、なんともかわいい「ラッコさんパン」「アザラシさんパン」なんてのがあって、「お、これ買って帰ったら、きっとぼこちゃん喜ぶぞ……って、今夜はいないんだった」なんて、ベタなことを、何度かくり返しながら。

妻とはしばらく前から「お泊まり保育の日の夜、どうしようね？」と話していた。親としても久々に娘のいない夜だ。あまりハメを外しすぎるのもよくないだろうけど、家でいつもどおりに夕食を作って食べるというのも味気ない。そこで、「なにかあったらすぐかけつけられるように、地元で、昔ふたりでよく行った好きな店のどこかで軽く一杯やるのがいいかね」なんて話をしていた。

ところが、僕が高円寺に行く予定ができて、ひとつ思いつく。妊娠以来、僕が関わるイベントごとに妻を誘うということもすっかりなくなってしまった。まぁ、そういうときは妻に娘を見ていてもらうことになるんだから当然だ。けれども今日は状況が違う。そこで、「たまには、イベントにでも遊びに来てみる?」と誘うと、「行きたい」と言ってくれ、仕事終わりの妻と、会場で合流することにした。

妻に、スタッフさんや、その場で初めて知り合った方を紹介するのも、展示の概要を説明したりするのも、ものすごく久しぶりのことでなんだか新鮮。それから会場をあとにし、高円寺の街をふたりで歩くのももちろん。そして妻が言う。

「このへんに、前に一緒に行こうとした店あったよね。確か……バクダンだっけ?」

うおー! 突然に記憶がフラッシュバックした。あれはもう15年近く前のことじゃないだろうか。当時は「酔って騒げれば楽しい」という飲みかたから、徐々に渋い大衆酒場の良さに目覚め始めたころで、妻ともよく高円寺で飲んでいた。そんななか、妻がどこからか「バクダン」という店がいいという噂を聞いたらしく、ふたりで行ってみようとしたことが、確かにあった。そして、そのときの出来事は、僕の酒飲み人生のなかでもひときわ情けない記憶として刻まれている。

バクダンは、外からはなかの様子がまったく見えない、古くて小さな大衆酒場。当時の自分は今よりもずっと若造で、酒場経験も浅いから、「知らない酒場に入るのに緊張する」という感覚がまだ残っていた(今はそのへんがだいぶバカになった)。当然、ものすごくドキドキしながら、そっと戸を開けてみる。すると店内には、どう見ても常連の、ここで酒を飲んで数十年というような先輩がたがずらり。その全員がいっせいに、ぎょろっとこちらを見た。今考えれば、そりゃあ入り口の戸が開けば、「誰か知り合いでも来たかな?」なんて、そっちを向くのも当然。しかし僕は、その光景にビビりまくってしまった。結果どうしたかと言うと、「あ、すいません……」と言って、そのまま戸を閉めてしまった。妻には、「ちょっと、席空いてないっぽかった」などと言い訳をして。

その後の人生で、何度か再チャレンジしようとはしたものの、運悪く臨時休業だったりして、まだあの店に入れたことがない。これまでのバクダンへ行けなかった日々は、今日このときのためにあったとすら思えてきた。幸い時間もまだ早い。よし、行こう！

無事営業中だったバクダンの、当時からまったく変わっていないように思える引き戸をからりと開けると、そこに広がっていた光景は、あの日とまったく同じ。もはや、いるメンツも同じなんじゃないだろうか？　というレベルなのには笑ってしまった。しかし、変わったのはこちら側だ。あぁ、なんて正統派の、居心地の良さそうな酒場なんだ！　思わず「ただいま〜」とすら言いたくなるほどの。

初めてのバクダンは、それはもう格別だった。妻は生ビール。僕は、たったの420円で、それがさらに毎月第2水曜日は50円引きになるというホッピーセットを頼み、久しぶりにふたり、大衆酒場で乾杯。マヨネーズとみそが添えられた「ブロッコリー」、名物のひとつらしき「シューマイ」、驚くほどに質の良い「マグロ刺身」、特製のニラだれがクセになる「コメカミ焼」、焼きたての巨大な「鳥もも串焼」、どれも驚くほどにリーズナブルながら、しみじみとうまい。

ただ、一品食べて「これ、うまいね」「うん」なんて言い合ったあとに、話題はやっぱり娘のことに戻ってしまう。「ぽこちゃん、今ごろなにしてるかね？」「友達とけんかしたりしないで、楽しめてるといいね」「もう奥多摩からの帰りのバスかな？」。

翌朝、保育園へ迎えに行くと、我々の心配をよそに娘は超ハイテンション。友達と園庭の遊具で勝手に遊びだし、先生に「今日は遊ばないで帰る！」などと怒られていたほどだった。

帰り道でも、そんなに慌てなくても！　というくらい早口に、昨日からあった楽しかった出来事についてを教えてくれた。子どもというのはこうやって、いろいろな経験を積んで成長していくんだな。と、頭ではわかっていることをしっかりと実感でき、自分にとってもいい経験になった。

第5章 さらばベビーカー

お祭りづくしの夏

コロナの影響で数年間中止や規模縮小が続いてたイベントや夏祭りの類が、完全にとは言えないまでも、今年は軒並み復活してきた感がある。週末に街に出ると、あっちこっちから盆踊りの歌や太鼓の音が聞こえ、なんだかそわそわして、いてもたってもいられなくなってくる。先日も家族で、ある夏祭りに遊びに行ってきた。

それは偶然前を通りかかった地域の掲示板で見つけた情報で、近所にある小学校の校庭で行われた夏祭り。ヨーヨー釣りやスーパーボールすくいや射的ができて、フランクフルトや焼きそばやかき氷などの販売があって、地域の祭りだからそれぞれが100円とか150円とかで楽しめる。さらに、午後6時から7時まではメインイベントの盆踊りも開催される。気軽に遊びに行くのに良さそうだぞと、娘が仲のいい女の子の友達数組に声をかけたら、4家族が参加することになり、待ち合わせをして集まった。

娘たちはいちご味のかき氷を食べ、フランクフルトを食べ、すさまじい行列に並んで遊びをひととおりし、ヨーヨーをふたつ、スーパーボールを3つ、それから、射的で3発中1発が当たり、その景品としてえんぴつの形をしたライトなどをゲットした。僕はその様子を眺めつつ、会場では売っていないので、いいのかな？　とも思ったけど、特に禁止とも書かれていなかったので、近所のコンビニで缶チューハイを買ってきて、もはやすっかり打ち解け、あだ名で呼び合うようになったNちゃんのお父さんと乾杯。これぞ日本の夏！　という時間をぞんぶんに楽しんだ。

午後6時ちょうど。スピーカーから「東京音頭」が流れ始め、それに合わせてやぐらから太鼓の音が聞こえだす。すると、盆踊りファンって予想以上にいるもので、浴衣を着た老若男女数十人が、その周りをくるくると回りながら踊りだす。校庭の中央に建てられたやぐら。その向こうに入道雲。さらに、赤から紫へとグラデーションを描き始めた空。なんてエモいんだ。こんな感覚、しばらく忘れてしまっていた。

娘は相変わらずポケモンのアニメが大好きで、その歌のなかに「ポケモン音頭」というのがあり、それに合わせて家で踊ったりしていたので、見よう見まねで友達と盆踊りのようなことをしている。保育園に通いだしたころはあんなに小さかった子どもたちが、きゃっきゃと笑いながら盆踊りをしている様は、遠目に見ているだけで、それはそれは微笑ましい光景だった。

またある日。家族で埼玉県日高市の高麗（こま）という町に遊びに出かけた。というのも、僕は小学校1年生のときから3年間、夏に、高麗で行われる「カメさんキャンプ」というキャンプ体験に参加した。カメさんというお兄さんが自然のなかでいろいろな遊びを教えてくれ、バーベキューや、カレーを作って食べたり、五右衛門風呂に入ったり、友達とロッジに泊まったりといった内容で、ものすごく楽しかった思い出として心に刻まれている。ところが、ネットで検索してもその情報は一切出てこない。カメさんは今ごろどうしているのか？　元気にしているのか？　昨年の夏、なんの手がかりもないまま、思いきって高麗へ行ってみたら、偶然にもカメさんのお知り合いだという方と出会えてしまい、さらにその日、現在は主に農業を営んでいるというカメさんは、残念ながら畑仕事で疲れてお昼寝中ということで会えなかったものの、カメさんの奥様と会えるという奇跡が起きてしまった。

そこから高麗の人々との縁が少しだけできて、「清流青空マーケット」というイベントの存在を知った。そこにカメさんが出店し、育てた野菜などを販売していると聞いて、家族で遊びに行ったのだ。会場は森のなかにある広場で、そこに、食べもの、お菓子、飲みものなど、自然な素材を使った様々なブースが出ていたり、音楽のライブや、ワークショップなども行われていて、とても良い雰囲気だ。娘も、ケーキを買ったり現地にあった手作りの遊具で遊んだりと楽しそうにしている。

そして、カメさん。本当にいた。色とりどりに並んだ野菜の横にバーベキューコンロがあり、そこで焼きそばを焼いている。僕が会うのはもう40年ぶりで、すっかり白ひげをたくわえているけれど、優しそうな笑顔は当時のままだからすぐにわかった。ご挨拶をし、思い出話をたくさんさせてもらい、カメさんの焼いた焼きそばを食べ、そして娘を紹介する。娘は今6歳で、ちょうど僕がカメさんと初めて出会った年になっている。娘自身はよくわかっていないものの、世代を超えてカメさんに会うことができて、なんだか勝手に、ものすごく感動してしまった。

今週末は、地元では定番のお祭り「燈籠流し」と「ちゃが馬七夕」が、連日控えている。さらに、我が家のある地域からはバスに乗っていかないといけない場所ではあるものの、これまた地域の祭りで、子どもたちが手持ち花火を自由にできるという情報がありクラスの友達のパパママに声をかけてみたら、けっこうな家族が参加するという。(都内で気軽に花火をするのは意外に難しい)、そういえば、昨年「プールとビール」という回で書いた地元のプールにも、今年も連れていってやらなければいけないし。

というわけで、なんだか今年は、妙に忙しい、イベントだらけの夏になりそうだ。娘のためという気持ちはもちろんあるけれど、ぶっちゃけ、それ以上に自分が楽しみにしてしまっていることは、ここだけの秘密にしておきたい。

子育ては「ねむさ」とともにある

ねむい。とにかくねむい。ひたすらねむい。

というのが基本形である状態が、もう数年間続いている。理由はもちろん、子育て中からだ。子育てには、たくさんの心配や苦労、切なさ、そしてそれらすべてをふっ飛ばしてしまうような喜びなど、たくさんの感情がともなう。ただ実は、「ねむみ」というのもまた、大きな要素のひとつであったのだ。世間的にあまり語られることが多くない印象があるけれど、子育てって実は、めちゃくちゃ「ねむい」。なんならもはや、眠気との闘いと言ってしまってもいいかもしれない。

なので今回は、「ねむいようねむいよう。たまには一日中泥のようにねむっていたいよう」という愚痴を、つらつらと重ねるだけの回になってしまうかもしれない。人によっては、ただただ「甘ったれんな」という印象しか受けないことだろう。けれども、それはそれとして、こんな僕だってねむいものはねむいんだ。書かせてもらったっていいじゃないか。

僕の仕事は、酒場ライター。コロナの影響でだいぶ変化はあったけど、夜、街に出て酒を飲み、昼間はそのことを原稿に書くというのが、基本のスタイルだ。

娘が生まれるはるか前の会社員時代。副業として、ちらほらと原稿の依頼をもらえるようになってきたころ。僕が人生の流れに流されるままにたどり着いた、この仕事が、当時のライフスタイルにぴたりとハマった。

当時は基本的に夕方6時の定時に帰れる仕事だったので、それからぞんぶんに酒場へ行ける。また、僕は朝型人間だ。夜の9時くらいになればもう目は閉じかけてしまうし、そのぶん、朝5時くらいに起きることはまったく苦にならない。当時は家を出るのが9時ごろだったので、なんならそれまでの約4時間に1、2本原稿が書けてしまう。妻がそういう生活に理解を示してくれたことも大きく、つまりは、二足の草鞋（わらじ）が可能だったというわけだ。調子にのって飲みすぎ、終電で帰ってきたって、朝、家を出るぎりぎり5分前まで寝ていれば、夜中の1時から、7時間55分は寝れるわけだ。睡眠時間としてはじゅうぶんだろう。

ところが現在のスケジュールはというと、娘は朝6時半に起きる。夜は、なかなかうまくいかない日も多いけれど、できれば8時半、遅くとも9時までには寝かせようということになっている。

朝は、夫婦で娘の世話を分担することになるから、僕も早めに起きる。ただ、そこから娘の保育園への送り届けが完了する9時くらいまでは、合間を見てメールの返信などはできても、やはり集中して原稿を書くことはできない。必然的に、急ぎの締め切りが迫っていたりすれば、起床時間を4時、3時と早めていくことになる。いくら朝型の僕でも、さすがにねむい。

最近は夜の酒場取材の機会も戻ってきたが、会社員時代とは違い、たとえ夜中の1時に帰ってきたとしても、遅くとも6時半には起きなくてはいけない。睡眠時間は5時間半。しかも、前夜にしこたま飲んで帰ってきてだ。できれば毎日8時間は寝たい僕にとって、これはねむい。たまに、二日酔いではなくて、眠気がすごすぎて吐きそうになっていることすらある。

娘が生まれる以前の休日は、もう感覚を忘れかけてしまっているけれど、とてものんびりとしたものだった。日中はゆっくりと過ごして、なんなら昼寝なんかもしてしまう。夕方近くになると、妻と「夜ごはんどうしようか?」「どっか食べに行っちゃう?」なんて話して、地元の好きな店にでかけてゆく。

ところが近年は、昼間から娘を公園に遊びに連れていったり、習いごとに連れていったり、なにかとやることが多い。大好きな昼酒をしている余裕もないほどだ。しかも、6歳という元気盛りの子どもを連れての外出は、想像以上に体力と気力を使う。ふだんから酒ばっかり飲んで、まったく運動などしていない自分にとっては、もう、娘に必死に食らいついているだけみたいな感覚だ。それに加えて最近のこの暑さ……。RPGゲームでたとえるならば、毒の沼地を歩いているくらいのスピードで、体力がぐんぐんぐーんと減ってゆく。

ただまぁ、昼寝もせずに夢中で遊んで、体力を使いきってしまったのだろう。夕方に家に帰ってきて、気づくとソファの上でスースーと寝息をたてている娘を見たりすると、その寝姿のあまりのかわいさに、すべてが報われてしまうんだけど。

もちろん、休みのたびに必ず外出すると決めているわけではなくて、家族3人、家で過ごす休日もある。そんな日はチャンスだ。娘や妻になにか昼食を用意し、その横で、僕は僕で、冷蔵庫のあまりものをつまみにちびちび飲み始めたりする。やがていい気持ちになり、「はぁ、今日もねむいな〜」と、床にごろりと横になる。しばらくの間、ひとり夢中でお絵描きなどをしていた娘も、気づけば僕の隣で横になっている。完全に無口になり、だんだんねむそうにまぶたを閉じてゆくその横顔の愛おしさ。別の部屋からは妻が家事をしてくれている音が聞こえている。妻には悪いけど、僕も少しだけ……。ごくたまにではあるけれど、そんなふうに娘と並んで昼寝をするなんて幸せが、人生であと何度味わえるか。

まだまだしばらく続きそうな、ねむさとともにある生活。これも、子育ての大切な思い出のひとつとして、記憶にとどめておきたいものだ。

酒と運転

この連載のテーマはずばり、酒と子育て。その時点で相反するものを扱っているわけで、毎度おっかなびっくり、この内容で大丈夫かな？　読んだどなたかからお叱りを受けたりしないかな？と思いつつ書いている。しかし、酒との相性を考えたとき、それ以上に悪いものもある。それは、車の運転。数十年前はもっとおおざっぱだったという話も聞いているが、現代の日本において、ほんの少しでも酒を飲んで運転をするなど絶対にご法度(はっと)。許される行為ではない。

コロナの状況が次第に落ち着きだして以降、買いものや旅行などで、家族で車で出かける機会も増えてきた。我が家で免許を持っているのは僕だけだから、必然的に僕が運転を担当することになる。僕のような重度の酒好きにとっては、これが一大イベント。「おあずけ」と「ごほうび」のあいだで、その日一日が揺れ動くことになるのだった。

先日も、夏の思い出にと、家族で1泊の旅行に出かけた。行き先は、埼玉県の飯能方面にある「休暇村奥武蔵」という宿。コロナ前の２０１９年にも家族で一度行ったことがあり、とても良い宿だったので、ふたたび行こうということになった。我が家にマイカーはないけれど、隣駅にある実家には車があり、車で出かけたいときはそれを借りることになる。朝の9時ごろに自転車で実家へ向かい、我が家へ戻って妻子をピックアップ。さて、長い一日の始まりだ。

家から宿まではのんびりと行っても2時間くらいだけど、当然、せっかくだからどこかに寄りながら行こうということになる。今回であれば、以前から一度娘を連れていってやりたいと話していた「トーベ・ヤンソンあけぼの子どもの森公園」という公園がちょうど寄りやすい場所にあり、そこに行く予定を立てていた。ムーミンの世界を再現した建物が園内のあちこちにあって、実際に入って遊べたりして、ずっと前に夫婦で行った思い出の場所でもある。ただ、出発の朝に念のため調べてみると、なんとその日は休園日。そこで予定を変更し、同じく飯能市にある「メッツァビレッジ」に寄ってみることにした。

これまたムーミンの世界をテーマにした「ムーミンバレーパーク」を併設する施設で、ムーミンのほうは入場料がかかるんだけど、北欧をテーマにした公園内に飲食店やおみやげ屋やいろいろな体験施設のあるメッツァビレッジは入場無料。そっちのエリアだけでもじゅうぶん楽しめる。そこで娘が見つけ、気に入りすぎて前から動かなくなってしまったアヒルのぬいぐるみを、甘いことだけど「旅行の思い出に、特別ね！」と買ってあげたりしたあと、昼食をとろうということになった。

で、レストラン棟に入っている一軒「ROBERT'S COFEE」という店が、それはもう非常〜に良かった。注文したのは「デミグラスハンバーグとチキンライスのカフェプレート（スープ・ドリンク付)」(1320円)と、「蟹のビスクセット(サンドイッチ・ドリンク付)」(990円)。どちらも手頃な値段ながら、ちょっとびっくりするくらいに満足度が高い。デミグラスソースをたっぷりまとったハンバーグとチキンライスの濃厚なうまさ。ハードなパンにぷりぷりの海老が挟まったサンドイッチと、蟹の風味を凝縮したビスクの相性。どちらも、ちょっと背伸びをして行くレストランのようなクオリティで、うっとりしてしまう。北欧最大のカフェチェーンで、関東地方にはここだけ(当時)にしかないらしいけど、もっともっと日本に進出してほしい。

ただし！　僕は運転手であるから、それをつまみにワインの一杯を飲むこともできないのだった。しかも、目の前に広がるのは広大な宮沢湖の絶景。そのおあずけ感といったらない。僕はそもそも、うまい料理の横には常に酒があってほしいタイプで、そうでないとたんにテンションが下がってしまい、まぁ、食えればなんでもいいよ、ってな態度になってしまう異常者だ。最近、それはどうかと思い直し、かたわらに酒がない場合でも、純粋に料理の美味しさを楽しもうとなるべく考えるようになったんだけど。そんなの、誰でも当たり前にやっていることだし。なので、ハンバーグもサンドイッチもスープも、美味しいねぇなんて言いながら食べつつ、やっぱりそのおともがアイスコーヒーなことが寂しい。これこそが、車の運転と酒、両立しようのないふたつにおける、最大のネックと言えるだろう。

その後無事宿に着き、子ども用のプールで娘を遊ばせつつ、買っておいた缶チューハイをぷしゅりと開けられたのが、午後3時のこと。いや、酒を飲み始める時間としてはじゅうぶん早いんだけど、たとえばこれが列車の旅なら、行きの新幹線から崎陽軒のシウマイをつまみに缶ビールを飲みはじめているに違いないんだから、僕としてはじゅうぶんがまんしたと言えるだろう。

そんなわけで、娘がプールではしゃぐ姿と、眼下に流れる高麗川の清らかな流れを眺めつつ、数時間のおあずけの末に飲んだ缶チューハイのうまいこと！　スーッと体に染み込むスポーツドリンクのようであり、ふわりと心が軽くなる魔法の液体でもある。

ちなみに、本題とはあまり関係ない話。休暇村奥武蔵の夕食はビュッフェ形式なんだけど、小鉢に盛られた小粋なつまみがものすごく充実していたり、目の前で料理人の方が作ってくれる天ぷらや寿司も食べ放題だったりと、本気の本気で料理がうまい。それを好きなだけとってきて、追加で頼んだ飯能の地酒「天覧山」とともにやる時間は、あのおあずけの時間があったからこそより幸福な、ごほうびの時間なのだった。本気でおすすめ。

と、なんだか今回は終始愚痴を言っているみたいな内容になってしまったが、家族のためにも言っておこう。僕はわりと、車の運転が嫌いではない。妻子のためならばしばらく酒が飲めないことなんかは本当は苦でもないし、娘も車に乗ること自体が好きなようだ。しかも、おあずけからのごほうび酒の美味しさには、特別なものがある。

初めてのメニューを食べて
美味しかったときの
最近のリアクション

思い出の追体験

子育てには「思い出の追体験」という側面がある気がする。

たとえば先日、妻が一度娘を連れていってあげたいということで、家族3人で駄菓子屋に行った。現存していることが信じられないくらいに昔ながらのその店で、娘は目をキラキラと輝かせ、「これほしい！　これも！」などと楽しんでいる。僕らはそれを微笑ましく見つめつつも、懐かしの駄菓子たちに内心テンションを上げ、ついあれもこれもとかごに入れてしまう。娘はお菓子よりもちょっとしたおもちゃなどを欲しがり、あぁ、そういえば僕も幼いころ、母に手渡された500円玉を握りしめて駄菓子屋へ行き、お菓子ではなくて、上限の500円を使ってマシンガン形の水鉄砲を買って帰って怒られたりしたなぁと思い出す。子育てには、強制的に思い出の追体験ができるという、ある種お得な特典がついてくるのだ。

「お祭りづくしの夏」という回にも書いたが、今年の夏はその後もお祭りに行きまくった。石神井公園の伝統行事「燈籠流し」では、数組の保育園のクラスメイト家族で、僕の好きな角打ちのできる酒屋「伊勢屋鈴木商店」に集まり、店頭のテーブルで、子どもたちが燈籠に好きな絵を描いた。浴衣や甚兵衛を着て集まる子どもたちの楽しそうな様子を眺めつつ、我々パパ軍団は、当然ビールで乾杯。この、子どものころの夏の雰囲気をつまみに飲む酒が、たまらなくうまい。つくづくお得だ。

石神井公園で大々的に行われた「地区祭」にもまた、数組の家族で集まった。地元のダンス教室などの子どもたちが練習の成果を発表し、周囲には地域の小学校や保育園などが出店する屋台が並ぶ。そういう場なので値段も安く、ぶ厚いハムステーキや焼きそばが、だいたい200円くらいで買えるのが嬉しい。それをつまみにさっそく飲もうと思いきや、なんと会場に酒が売っていない。そこで炎天下のなか、すっかり飲み友達になったNちゃんパパと、ちょっと距離のあるコンビニまで酒を買いに行く。その道中の、なんだかのんびりとした、子どものころの夏休みのような感じ。とても良かった。まぁ、目的は酒なんだけど。

「プールとビール」という回で書いた区民プールにも、今年も行くことができた。前回同様、Nちゃん&Nちゃんパパと。ひとしきりプールではしゃぎ、泳ぎ疲れてプールのあと特有のほんのりとした倦怠感に包まれた体で、公園のほとりで食べるセブンティーンアイス。その甘さが体に染み渡ってゆく感じ。まさか大人になって、またこんな感覚が味わえるとは想像もしておらず、ふいの懐かしさにちょっと感動すらしてしまった。

偶然前を通りかかって見つけた、謎の空き地で開催された地区のお祭りでは、手持ち花火が自由にできた。公園で気軽に花火などができない昨今、そういう場は貴重で、お決まりのように数組の家族で向かう。わなげや射的をひとどおり楽しむ子どもたちを眺めながら、こっちは飲食スペースで酒盛り。花火解禁の時間になると、同じことを考える人々が多すぎて、芋洗状態のなかでいっぺんに子どもたちが手持ち花火を始めたシーンはシュールでちょっと笑えたけれど、きっと娘にとってはいい思い出になったはず。

ある日曜、パパ同士で気が合い、だいぶ仲良くなってしまったHちゃんのお父さんと、「今日ヒマなんで、お互い娘連れて石神井公園で遊びませんか?」ということになった。ところが約束の時間寸前になって、娘が昼寝を始めてしまう。起こすのもかわいそうなので、とりあえず僕ひとりで待ち合わせ場所に向かった。

Hちゃん親子と合流し、どうしようね〜なんて言いながら、しばし園内をふらふら。やがて池のほとりの「T島屋」の前にたどり着いたので、僕がHちゃんに聞く。「ここで売ってるエサとひものセットを買って、ザリガニ釣りでもする?」。ところがHちゃんは答える。「そんなのやだ! ぼこちゃん、まだ来ないの?」。娘と仲良くしてくれてありがたいことだが、そりゃあおっさんふたりとただ散歩するだけの休日なんて、子どもにとってはつまらないだろう。大変申し訳ない。ただ、ふたりとも無類の酒好きだ。とりあえずそこで缶ビールを買って、飲みながらまたふらふらと歩き出す。

Hちゃんはしきりに、「ぼこちゃんまだかな〜」と言っている。それに対してお父さんは「人生、こういうなんにもない時間っていうのが、すごく貴重なんだよ」と言っている。僕的には完全に同意だが、小さなHちゃんにしたらたまったもんじゃないだろう。

1時間ほどして、妻が娘を連れてやってきてくれた。Hちゃんの顔はぱっと笑顔になり、ふたりで遊具で遊び始める。僕とHちゃんのお父さんは顔を見合わせ、「これでひと安心ですね」と、ベンチに座って、子どもたちの姿を眺めながらちびちびとビールを飲むのだった。

夕方になり、蝉時雨にはいつの間にかヒグラシの声が混ざり始めている。日中のうだるような暑さも、いくぶんではあるけれど落ち着いてきた。そうそう、昔もこうだったよな。と、娘に追体験させてもらっている「夏の空気」を、胸いっぱいに吸い込むように味わいながら飲むビールがうまかった。

カラオケパーティー

「パパ友飲み会」の回で、最近やっと娘の保育園のクラスメイトのお父さん、お母さんとの交流が始まったことを書いた。コロナのおかげでずいぶん出遅れた関係だったが、その後は順調に進展し、最初は4人で始まったパパ友飲み会も、数日後に開催される予定の回には9人が参加予定だ。以前からの飲み友達などと話すと「自分のときはそういう交流、まったくなかったですね～」なんて言う人も多いので、僕は偶然にも、ずいぶんいい人々に恵まれているのかもしれない。

特に娘が仲の良いNちゃんのお父さんとは会う機会が多く、先日あった3連休は毎日、さらにその次の土日も2日続けて遊ぶという、もはや地元のマブダチレベルの頻度になっている。もちろん娘も込みで、家に遊びに行かせてもらったり、今季最後と思われる夏祭りに行ったり。ふたりともかなりの酒好きだから、会うたび「昨日は飲みすぎましたね……」がお決まりの挨拶のようになっていて、ほんの1年くらい前には想像もしていなかった状況が、不思議だしおもしろい。

ところで、そんななかの一日。その日はもうひとり、友達のHちゃんとそのお父さん（この3人が特に酒飲み）を含め、父娘6人で遊ぼうということになった。理由は単に「ヒマだから」なので、目的地はどこでもよく、ひとまず地元の、子どもが遊べるスペースもあるカフェに行こうということに決まった。ところが集まってみると、運悪く臨時休業。こんなとき、我々の住む街は石神井公園が近いのがありがたく、ひとまず公園に向かってみる。

とにかく3人娘を遊ばせつつ、このあとどうするかを考えなければいけない。そこでいったん、公園に隣接した「旧内田家住宅」へ。ここは、かつて練馬区内の別の場所にあった茅葺き屋根の古民家を移築保存してある場所で、広い邸内で自由に過ごしていいというゆるい施設だ。子どもたちがいろりの周りではしゃぎまわったり、縁側で楽しそうにおしゃべりをしたりしている横で、父親3人は、このあとどうしようかと相談する。するとHちゃんがこちらにやって来て言った。

「からあげいきたい！」

「あ、お腹減った？　じゃあ駅前のからあげ屋さんにでも行こうか」と答えると、そうではなくて、どうやら「カラオケ」に行きたいということらしい。

以前子育て経験のある飲み友達と話していて、子どもと行くカラオケは盛り上がるという話を聞いていた。それで娘に「こんどカラオケ行ってみる？」と聞いたこともあったが、「うん！　でも、パパとママのまえではおうたうたわない。はずかしいもん」などと答えていた娘。カラオケに連れていったらどうなるんだろう？　もちろん全員異論はなく、6人で駅前のカラオケ店に向かうことにした。

かつて会社員だった時代、新宿あたりで飲んでいて、2次会はカラオケ行こう！　なんて流れになり、朝まで歌って請求額を聞いて腰が抜けそうになることが多々あった。ところが、日中のカラオケ店は、30分で百数十円とか、逆の意味で腰が抜けそうになるくらい安い。飲み放題システムもあって、それも30分５００円程度だそう。２時間いてもひと家族３０００円程度。酒の注文を遠慮しなくていいことを考えると、気楽ではある。

というわけで、娘、人生初めてのカラオケに入店。さてどう出るか？　と思っていたら、意外にも「『きみにきめた』うたいたい！」と最初からノリノリだ。『きみにきめた』とは、正式名称『1・2・3』という、相変わらず娘がハマっているポケモンのアニメの一時期のオープニングテーマ。さっそく入れてあげると、なんの躊躇もなく一番手で歌い出したのには驚いた。両手でマイクを持ち、必死で画面の歌詞を追いつつ、真剣に歌う娘。その横顔を見ていたら、乳飲み子だったころからずいぶん成長したなぁと、やたらと感傷が押し寄せてきてヤバかった。

その後も、ポケモン関連の歌や、これまた好きな『ヒミツのここたま』というアニメ関連の歌などをどんどん歌う娘。アニメで知っているだけだから、2番になると突然つまりだすのもかわいらしい。もちろん他のふたりの女の子も、臆することなく好きな歌を歌いまくる。しかもそれが、我が子よりもずいぶんお姉さんっぽい、アニメ『推しの子』や『ワンピース』のテーマソングだったりして、小さなころから知っている子どもたちの成長っぷりに驚かされてばかりだった。

ところで途中、Nちゃんのお父さんが、子どもたちのためにとメニューにあった「ポッキー」を頼んだところ、グラスに数本ばかりが入って400円と、けっこうな割高感があって、ひと笑い。で、そのポッキーを運んできてくれた店員さんに僕が、「すみません、娘が基本、麦茶しか飲まないので、持ち込んだものを飲ませてもらってもいいですか?」と聞くと、「はい。当店は持ち込み自由なんで!」とのこと。そうだったのか! するとHちゃんのお父さんがすぐ近くの「おかしのまちおか」に買いものに行ってくれ、つまみになるお菓子をいろいろと買ってきてくれた。もちろんラインナップにはポッキーもあって、「さっきのポッキーはなんだったんだ!」と、また笑う。

もちろん、子どもたちがいるので無茶な飲みかたはしない。そもそも「カラオケの酒」というものにあまりいいイメージがなかった。けど、普通にいも焼酎のソーダ割りとかが頼めて、僕の会社員時代のころのイメージから比べるとぜんぜんちゃんとしていた。最高じゃないの、昼カラオケ。けっきょく2時間たっぷり、子どもたちは歌を歌いまくり、カラオケが嫌いではないはずの父親たちが歌わせてもらえたのは、ひとり1曲ずつのみ。けれどもその間、我々はのんびりと飲みながら、娘たちの歌う姿を見て、間奏のたびに「うまいねー!」と盛り上がる。

小さな子どもたちと行くカラオケ。そこには独特の楽しさがあるということを初めて知れて、なんとも楽しく、有意義な時間だった。

1日の終わりに
日記をつけはじめた
娘

遺伝子の不思議

我が家に娘がやって来てくれて以来、遺伝子って本当に不思議だよなぁと、心の底から実感する機会が増えた。

娘の送り迎えで保育園に行くと、時間のかぶったお母さん、そしてその娘さんが並んで歩いているシーンなどをよく目にする。なかには顔がそっくりすぎて、違うのはサイズ感だけ、みたいな親子もいる。ところがその子の顔は、保育園にたくさんいるその他の園児の誰とも似ていないのだ。そのたび、ＤＮＡに刻まれた遺伝子の力強さを感じざるをえない。

娘の顔がどちらに似ているかというと、友達などからは「パパそっくりだね〜」と言われることが多い。確かに、特に鼻口あたりの造形は僕とほぼ同じで、膝の上に前向きに座らせたところを撮ってもらった写真なんかを見ると、まるで画像処理ソフトでコピー&ペーストしたのかと思うほど。

仕事で長く付き合っている人のなかに、小学校の同級生で、いちばんよく遊んでいた友達がいる。そいつに娘の写真を見せたときは、「これ、昔のコバ（当時の僕のあだ名）じゃん！」と言われ、そう聞くと確かに、母の三面鏡をいろんな角度に開いたり閉じたりし、自分の顔を映して遊んでいたころの自分の顔や質感って、こんな感じだったよな～と思ったりもする。

鼻筋が通って整った顔の妻に似たら、もっと王道の美形顔になっていたのだろうが、どちらかというと今は、愛嬌のあるかわいさといった印象か。骨格が近いからか、ちょっと鼻にかかったような独特の声も、僕に近いのかもしれない。あと、妙に色白なところも。

ただ、しゅっと切れ長の目は、僕ではなく妻に似ている気がする。以前、妻の実家の居間に飾ってある子ども時代の写真を見たら、ニコッと笑ったその顔が、今の娘とほとんどおんなじで驚いた。顔というのも成長とともに揺らぎつつ変わっていくんだろうけど、やっぱり僕と妻の子どもなんだなぁと感じ、それはなんだか、妙に嬉しかった。

性格もまた、基本的にきっちりとした妻よりも、どちらかというと僕に近い部分が多くなってしまっているのかもしれない。

娘は現在、とある体を動かす系の習いごとをひとつしていて、仲良しのNちゃんとともに教室に通っている。Nちゃんはこれまた遺伝子のせいか運動神経が良く、通うたびにできることが増えていって、見学しているこちらが驚かされることも多い。対する娘は、成長のスピードがのんびりだ。今週できなかったことが、その次の週も、その次の週もうまくできないという場面も多い。ところがそんなときの反応が、悔しがるでも、闘志を燃やすでもなく、完全に〝ヘラヘラ〟している。できてもヘラヘラ、できなくてもヘラヘラ、えへへ～って感じ。それを見るたび、極力人との争いを避け、日々ヘラヘラして生きていたいと願う僕は、あぁ、自分の子なんだなぁと実感する。僕もそれに対し「もっとがんばって！」とか言う気もなくて、楽しそうでなによりだなぁと。そしてたまにうまくいったら「いいじゃんいいじゃん！」と言うくらいで、その温度感が心地よくありつつも、なんだかごめん……という気持ちもある。

それとは別に、僕も妻も共通して、たぶん一般平均よりは絵を描くのが得意なタイプ。また、音楽の趣味が合うという共通点から知り合ったこともあり、今も音楽を聴くのは大好きだ。娘はそういう遺伝子を受け継いでくれているのか、親バカかもしれないけれど、絵がうまい。大好きでずっとハマり続けているポケモンの絵など、少し前は、目、鼻、耳、しっぽ、みたいな感じで、それっぽいものを描くのが精一杯だったのが、6歳の現在は、ちゃんと見本を見つつ、模写の域に足を踏み入れ始めている。また、スケッチブックに絵の具で絵を描くのも好きで、先日突然描いた「満天の星空と月が輝く夜の海」は、空と海の青の濃さを分ける芸の細かさや、青で塗った海の上に白でのせた波の表現などが見事で、かなりの傑作と言わざるをえない。

また最近は、車で出かければずっとポケモンのテーマソングなどをかけさせられ、それに合わせて歌っているし、ダンスにも興味が出てきたようで、ダンス教室に通ってみたいとも言っている。できる範囲で、なるべくいろいろやらせてあげたいものだ。

ところで、いつか判明するであろう、娘と「酒」との関係に関しては、どうなるんだろうか。

僕がまず、酒に関する知識とかではなくて、純粋に「好き」という気持ちにおいて、尋常ならざる、たぶん日本でもけっこう上位に入るくらいの遺伝子を持ってしまっている。これは看過できない問題だ。

僕が20代のころに亡くなってしまった父も酒好きで、遺影が、旅行先の旅館で浴衣姿でニッコニコでビールを飲んでいるところなんだけど、遺影があんな感じってなかなか珍しいパターンじゃないだろうか。母も量はぜんぜん飲まなくなったけど、夕食どきに美味しい日本酒なんかを飲むのが日々の楽しみのようだ。

祖父母に関しては、父方は両方とも早くに亡くなってしまっていて、僕には記憶がない。母方の祖母はどうだったかな。あまりお酒を飲んでいたイメージはないような気がする。ただ、祖父は大の酒好きで、また、酒の肴とか珍しい食材に目がなかったのを覚えている。その血は、確実に僕に受け継がれているだろう。

逆に、妻は外食も酒も好きだけど、日常的に飲むほうではない。ママ友たちとの会合があるとか、美味しいものを食べながら嗜む程度に飲むのは大好きで、また家でも、たまに珍しいクラフトビールなどが手に入るとゆっくりと味わいつつ飲む、という感じ。これは妻の両親にも共通していて、年末年始などに帰省しても、だらだらとずっと宴会しているというようなことはない（僕の親戚たちは父方母方とも朝から晩までだらだらタイプだった）。きっちりと美味しいものを用意して、ビールを1杯、それから、ちょっといい日本酒をキュッと飲む、くらいのきれいな飲みかただ。

以前、「いつか娘と酒が飲みたいか？」の回に書いたが、僕は「将来、娘と一緒に飲みに行きたい！」という強い願望は、今のところあまりない。酒というのは幸せなものである一方で、害も多くある液体だから、それこそ僕のように「失敗談なら数限りなし」みたいには、正直なってほしくない。まったく飲まなくてもいいし、好きになってもらってもいいけれど、飲むなら飲むで、できれば妻のような嗜みかたができる人になってほしい。というのもまた、親のエゴか。

保育園最後の……

来年とうとう小学生になる娘が今の保育園に通いだしたのは、0歳児クラスからだった。園では年に一度、秋に、近くの小学校の校庭を借りて運動会が行われるのが定例だ。そのいちばん初めの運動会のときのことを、今でもはっきりと覚えている。当然、娘他数名のクラスメイトたちは、まともな競技などできない。15mほど先のゴールに向かってハイハイをする競争で、それぞれあっちへ行ったりこっちへ行ったり、ころんと転がって微動だにしない子もいた。それを親たちが必死で、なんとかゴールまで誘導したり、なんなら抱っこで運んでしまう。順位などあってないようなもので、「みんながんばりました〜!」って感じ。そんな内容でも小さな子どもたちの様子がたまらなくかわいらしくて、親はきゃーきゃーと盛り上がるのだった。

今は学年ごとに分けられたブロック制となっているけれど、当時はコロナ前だったので、全園児とその親たちが集まり、他の学年の競技も見てから解散するのが基本だった。最年長クラスのお兄さんお姉さんは、娘たちとは違って、もはやそれぞれがきちんと人格を持った大人に近い。全員で何か月かかけて練習をしてきたという、ソーラン節的な和風ダンスを披露するんだけど、それなどはかなりのクオリティで、横で見ていた妻がぼそりと「私、いつかぼこちゃんがこんなの踊ったら泣いちゃうかも……」と言っており、僕は大きくうなずいた。

そして、ついにやって来てしまったのだ。娘の保育園最後の運動会が。ダンスは毎年の好例のようで、娘たちは揃いの法被(はっぴ)を着て、鉢巻をしめている。先生たちがドドン！　と太鼓を叩くと、全員が「やー！」などと言ってポーズを決める。そのピシッとした空気。娘の一丁前な表情。すでに泣く寸前だ。

いよいよ音楽が流れ始め、それに合わせた太鼓の響きとともに、足並みの揃ったダンスがくり広げられる。一所懸命練習したんだろうなぁ。そしてその過程には、心が汚れまくってしまった大人である僕が、日々なにかにつけて愚痴っている「めんどくさいなぁ」という気持ちなど一切なく、ひたすら純粋な努力があったんだろうなぁ。それにしても、ぼこちゃんやクラスメイトのみんな、本当にお兄さんお姉さんになったなぁ……。そんなことを思いつつ眺めていたら、周囲の人の手前、とにかくポロポロと涙がこぼれ落ちないようにこらえているだけで精一杯だった。

運動会では他にもいくつかの競技があり、特に4チームに分かれてのリレーは白熱した。娘は赤チームで、順番は中盤ほど。ものすごく真剣な顔で走り、暫定1位で次のアンカーにバトンを渡したときは、心の中で思わず「うおー、やった！」と叫び声をあげてしまった。その後も飛び抜けて足の速い子の逆転劇などがあり、あの日のリレーは、それから数日間、送り迎えで顔を合わせるパパママたちと、「いや〜、熱かったですね！」「○○ちゃんが流れを変えましたよね！」と、語り草になったほどだ。

こうして、保育園最後の運動会は終わってしまった。なんて思い返していて、ふと気づく。そうか、よく考えたら今、娘と経験しているすべての行事は、どれも「保育園最後の○○」なんだと。年に一度石神井公園で行われるレクリエーションの会も、七夕行事や夏祭りも、いも掘りも、娘にとって、そして僕たち親にとって、ひとつひとつが保育園最後の貴重な経験なんだなと。

もっと言ってしまえば、最近夕方にお迎えに行くと、しばらく前と違ってすっかり空が暗い。それをなんとなく切なく感じていたんだけれど、考えてみればもう、スコーンと晴れた夏の日に、娘を保育園に迎えにいく機会は、二度とやって来ないのか。気づいてしまったら、よけいに切ない。4月に「もう最年長クラスって、早いな〜」と思っていたら、すでにそこから半年が経っている。つくづく、もっともっと一日一日を大切に過ごしていかないとな。自分たちのためにも娘のためにも。

ここ1年ほどで、クラスメイトと家族ぐるみでの付き合いの輪が広がり、頻繁に飲み会やホームパーティーなどが開催されているという話は何度か書いた。

友達家族と連れだって花見もしたし、プールにも行ったし、夏祭りにも数えきれないほど行ったし、ありがたいことに、家に呼んでもらっての飲み会の機会も多かった。パパ友会は月1くらいのペースで続いていて、人数も増え続けている。

ただ、考えてみれば、来年には子どもたちの進路は当然バラバラになる。もちろん、そんなことは関係なく集まって酒を飲みに行くだろうなってくらいに仲良くなってしまった人たちもいるけれど、なかには自然に会わなくなってしまう人もいることだろう。人生というのはそういうものだからしかたがない。だからこそ、よりいっそう、日々のイベントひとつひとつを貴重な機会と思って過ごしていきたいものだ。

さて、この原稿を書いている翌日は、近所の石神井公園で、毎年恒例のフリーのジャズイベント「森のＪＡＺＺ祭」がある。僕ははりきって、朝から場所取りに行くつもりでいて、かなり長丁場な会になりそうだ。クラスメイト家族もけっこうな人数が集まることになっている。酒好きで、会えばつい飲みすぎてしまう何人かのパパ友たちと、調子にのって酔っぱらいすぎないようにだけは気をつけつつ、保育園最後のＪＡＺＺ祭を楽しんでこよう。天気が良いといいなぁ。

仕事が進まず、飲むしかない

これまでにも何度か書いてきたことだけど、子どもというのは体調を崩しやすく、たとえば一度熱が出ると、大事をとってその後数日は保育園を休ませなければいけなくなる。すると、その間に予定していた自分のスケジュールが、目に見えてガタガタと崩壊していってしまう。

そもそもがなまけ者の僕は、日々、その日の原稿締め切りをなんとかこなすのが精一杯の人間だ（というか、どうしても間に合わず編集者さんに迷惑をかけてしまうこともしばしば……）。ただ、基本的に家でも仕事ができるフリーライターであり、妻は日中勤めに出ているので、娘が保育園を休んだ際、「今日はおれが、家で仕事しながらぼこちゃんを見てるよ」と提案することは多い。もちろん、外せない取材などが入っていれば妻に仕事を休んでもらうことになるので、せめてそういう予定がない日は、というくらいなんだけど。とにかく、1日でもそういう事態が発生すると、そこが起点となってスケジュールへの影響はどんどん大きくなってゆく。立て直すのもひと苦労というか、正直、日々、立て直せないTO DOリストが常にあるような状態だ。

ところで僕は、駅弁ファンのご多分に漏れず、崎陽軒の「シウマイ弁当」が大好物だ。ここ数年、僕の誕生日の夕食は、ありがたいことに妻が、崎陽軒の「おうちでジャンボシウマイmini」を手配してくれ、それを食べるのが定番になっているほど。ちなみに、おうちでジャンボシウマイminiとは、ケーキのように巨大なシウマイをカットすると、なかにおなじみのシウマイが22個も入っているというインパクトメニュー。ジャンボシウマイは「入り口のないかまくら」とでもいうような構造になっていて、ぶ厚い皮もシウマイの具でできており、味は同じながら、その皮の食感が豪快でなんともうまいのだ。

そんなこともあり、先日家族で、崎陽軒横浜工場まで工場見学に行った。それ自体はすごく楽しく、最後に試食させてもらったできたてシウマイも絶品だった。ただ朝、時間に余裕を持って車で家を出たらけっこう早めに着いてしまい、工場見学の前にすぐ近くにあるIKEAへも寄ったりしたら、あそこって子どもにしてみたらテーマパークのようなものなのだろう、娘が広大なフロア内のショールームひとつごとにひとしきりはしゃぎ、おもちゃ売り場でまたはしゃぎ、としていたのもあって、だいぶ体力を使わせてしまった。そもそも、長時間の車移動というのも、子どもにとっては疲れるものだろうし。

というわけで帰り道から夜にかけてはぐったりしてしまい、翌朝も「なんかつかれちゃった……おなかもいたいかも」と言っている。そこで、熱などはないものの、あまり無理をさせるのも心配なので、保育園を休ませ、僕が様子を見ていることにした。

さて、ここからが長い一日の始まり。

平日だから当然、僕にはするべき仕事がある。「パパはお部屋に一緒にいるけど、お仕事してるから、今日はぼこちゃんとは遊べないよ。いいね？」と念を押し、娘も素直に「うん、わかった」と言っている。そこでＴＶでアニメ動画を見ていてもらったり、お絵描き、絵本、おもちゃなどで遊んでいてもらったりするものの、子どもがある程度落ち着きのないのはしかたのないことだ。だいたい3分に一度くらいの割合で、「みて！」「きいて！」「てつだって！」系の言葉が飛んでくる。もしくは、妙に甲高（かんだか）い声で謎の歌を歌いだしたりする。考えてみればすごい頻度だ。そのたび、いったん仕事が中断される。　僕のデスクワークのなかで大きな割合を占めるのは、原稿の執筆と、写真の選別加工。ライターといっても原稿だけを書いているというわけではなく、そこに添える写真を大量に撮影したなかから選んだり、それを1枚1枚調整加工するという作業に、意外と多くの時間を要する。
で、その写真の作業中はまだいい。考えることはあまりなくて、ただ視覚的な情報をもとに、慣れた作業をするだけなので。一瞬中断したってすぐに戻れる。しかし、原稿を書くとなるとそうはいかない。

娘には申し訳ないけれど、原稿を書いている最中に話しかけられたりすることが続くと、若干イライラしてしまうことだってある。強めの口調で「パパお仕事してるって言ったよね⁉」とか言って、直後に後悔する。そりゃあ娘にしたらつまんないよな、こんな時間。

午後2時ごろ、朝は玉子焼きしか食べなかった娘がやっと「おなかすいてきたかも」と言うので、簡単に、豚肉とほうれん草とあぶらあげ入りのうどんを作ってあげると、美味しいと言ってよく食べた。とりあえず元気が戻ったようで良かった。そして、朝からしきりにくり返し、僕がなんとかスルーしてきたセリフをまたも言う。「ぱーぱ、ポケカやろ?」。ポケカとは、「ポケモンカードゲーム」の略で、もうずっとポケモンのアニメにハマっている娘が、ついに足を踏み入れてしまった世界。先日スターターセットっぽいものが我が家にも導入され、主に妻がルールを調べて一緒に遊んであげながら、目下夢中になっているのだった。

僕はややこしいゲーム類がものすごく苦手なので、「パパ、やりかたわかんないよ。たぶん覚えられないよ」と言っても「だいじょうぶ! ぼこちゃんがおしえてあげるから」などと言われ、さすがにずっとひとり遊びをさせておくのもかわいそうだし、「1回だけね!」と念を押して、一緒にやることにした。

すると確かに、娘はルールを把握しているように見える。「はい、つぎはここからひいて。たねポケモンがでたらここにおいてね」「やりかたわかってきた?」「あ、そのポケモン、しんかできるよ!」などと言われつつ、なんとなく僕も、ゲームの流れがわかってきたような気がする。ただ、そんな気がしたものの、30分経っても40分経っても決着がつかないばかりか、だんだん引けるカードがなくなってきて、ゲームはこう着状態になってきた。完全に展開がない。これ、やりかた合ってるのか？　それでも子どもは遊びに対する集中力があるから、楽しそうにカードを引いたり出したりしている。一方集中力のない僕は、なんだか頭が熱くなってきて、意識が朦朧としだし、仕事をしないといけない焦りもあるから、ぐんぐん精神力が削られてゆく。

今日はだめだこれ。正直もう、飲むしかない。せめて1杯だけでも……。

なぜか憤然と立ち上がり、「パパちょっと飲みもの取ってくるね」と言ってグラスにチューハイと氷を入れて戻り、ぐびりとひと口。ぐいーん！　と、さっき削られたいろいろのメーター値が回復するのがわかる。あぁ、助かった……じゃない！　まだ仕事が山ほどあるんだっつーの！

それからしばらくして、どう考えても決着のつかないポケカに関しては「今日は引き分けってことにして、今度またやろ」で、納得してもらうことができた。チューハイによって気分はだいぶ変わったものの、仕事に対する集中力だけは著しく落ちた状態で、最後の気力をふりしぼり原稿に戻る。

そろそろ昼寝でもしてくれないかな、と思いつつ見ると、娘はさらに元気いっぱい。また午前中と同じ状況に戻り、僕はちびちびとチューハイを飲みながら、たびたび娘の話し相手をしつつ、亀の歩みで原稿を書き進める。酒、育児、仕事の同時進行。あらためて、きっとこの時期だけの、そして酒を愛するフリーライターという特殊な生業ならではの時間なのだろうと思う。

いつか娘が手がかからなくなり、毎日いくらでも仕事し放題ということになったら……たまにこんな日を思い出して寂しくなり、やっぱり僕は、台所にチューハイを作りにいってしまうんだろうな。

急に寒ゞすぎて…
毛布

さらばベビーカー

最近、生まれてこのかた常にものを溜め込みがちで、自室でも仕事机でもすぐにごちゃごちゃにしてしまうタイプの人間だった僕が、人生で初めてというレベルで、本格的な部屋の片づけをしだした。

あらためて身の回りを眺めてみると「ほんのりと思い出があるから」という理由以外に所持しておく必要のないものがあまりにも多く、その思い出だって、絶対にそれがなければ思い出せないわけでもない。ならばいったん宇宙のちりに返してやり、別の誰かの役にたつ、他のなにかに生まれ変わってもらったほうがいいに決まっている。そう思ったら、小さな自室のどこにこれほど？ってくらい次から次へと、捨てるものが出てくる出てくる。

そんな流れから、家族の持ちものの見直しにも手をつけ始め、先日ついに「アレ」を粗大ゴミに出した。アレとはアレだ。ベビーカー。

この連載を始めたつい2年前、娘は確かに乗っていたのだ。このベビーカーに。ところが子どもの成長は早く、移動手段のメインはすぐ子乗せ電動アシスト自転車に変わり、今ではすっかり、天気のいい日に保育園まで一緒に歩いていくことも珍しくなった。この連載のタイトルは『缶チューハイとベビーカー』なのに、その間のベビーカー稼働期間のいかに短かったことか。

それでもしばらくは、妻に聞いた「災害時などに役に立つことがあるらしい」という情報もあって、家の近所に借りている仕事場の、物置きにしているロフトに保管してあった。が、もうさすがにいいだろうということで、手放すことにしたというわけだ。仕事場から粗大ゴミ回収場所である自宅まで運ぶ際、たたまれたベビーカーを最後にもう一度よく眺めてみる。その重み、ロック解除の感じ、持ち手の感触やちょっとクセのあるタイヤの感覚が、もはや懐かしい。めちゃくちゃお世話になったなぁ。ありがとう。と、バシャリと広げて、少しコロコロと押してみる。すると、自分でも想像していなかったくらい、幼い娘をこれに乗せて過ごした日々の感覚がぶわっと体によみがえり、急に号泣してしまいそうになって、静かにまた折りたたんだ。

ふと気づけば、あんなに毎日作っていた「しおしょうゆとろたまごごはん」だって、もうしばらく作っていない。「いつか終わる日が来るのだろうか……？」と思っていたおむつ替えもとっくに卒業し、最近ではトイレは「ひとりでできるからそとでまってて」だそうだ。

人生って、どうしてこうも切なさの連続なんだろうか。

保育園へ登園する際、髪の長い子はゴムなどでまとめる必要があり、毎朝、今日はどんなふうに結んでほしいなどとリクエストがあって、妻がこたえてあげている。ただ、妻が仕事で早く家を出ないといけないなど、間に合わない日もある。そこで僕が娘に言う。「パパがやってあげようか?」。ところが娘の返事はこうだ。「パパ、へただからじぶんでやる」。

あっそう……と思いながら見ていると、長い髪を後頭部でまとめ、器用にゴムでくるくるとしばり、あまつさえ、かわいい飾りのついたパッチンどめまで選んで、自分でつけたりもしている。そのしぐさは、もはや立派なお姉さんだ。

言うこともどんどん一丁前になってきた。家の整理の一環で、使わなくなったおもちゃの片づけを娘と一緒にしていたときのこと。我が家のおもちゃコーナーの一角には、いまだに娘が生まれてすぐに買った木製の手押し車が置いてある。前方中央にお母さんアヒル、そのサイドに子アヒル2羽。押すとピヨピヨと鳴きながら、首を振り振り前進するのがかわいらしい。が、さすがにもう、6歳の子どもがそう遊ぶものではない。そこで僕が聞く。「ぼこちゃん、これはもう使わないよね? どうする? バイバイする?」。それに対する娘の返事が、予想外の角度だったので驚いた。「う～ん、いつかぼこちゃんがけっこんしたら、うまれてきたこにつかわせてあげたい」

なんだろう、そんなことまだ考えたくないとか、寂しいとかじゃなくて、純粋に「いいじゃんいいじゃん! 素敵じゃん!」と、だいぶ感動してしまった。数年前、少しずつ少しずつ話せる言葉が増えてきて、やがて単語3つを繋げて話せるようになっただけで、夫婦揃って「天才!?」と喜んでいた娘の心は、こんなにも豊かに、日々成長を続けているんだなと。

近ごろ、気がつくと頭の中でリフレインしている曲がある。「さよならぼくたちのほいくえん」。

昨年、娘のひとつ上のクラスの卒園式の際、園児みんなで歌うとのことで、家でも練習していた歌だ。とにかくこれが泣ける。歌詞もメロディも、ひと節ひと節が「あんなことも、こんなこともあったなぁ……」と記憶の扉を開かされるきっかけになるような、表現があまり良くないかもしれないけれど、とにかく絶妙に涙腺のツボを突いてくる巧みな曲なのだ。昨年、これを娘が歌っているのを聴いているだけで、すでに泣けた。あぁ、来年はうちの番……。そんな娘の卒園式の日が、刻々と近づいている。

数か月後に旅行の予定を入れ、まだかなまだかなと楽しみに待つ日々が、誰にだってあるだろう。まだだいぶ先だな、待ち遠しいなと思っていても、かならずその日はやってくる。そして、あっという間に過ぎ去り、過去の思い出となってゆく。人生はそんな時間の連続で、とすると、娘が卒園し、小学生になってしまうのも、きっとあっという間のことなんだろう。

正直、そんなにあわてて成長してくれなくてもいいというのが本音だ。せっかく人生のなかでもとりわけ貴重な、ひたすらにかわいい時期なんだから、ゆっくりゆっくり、それこそ、今の倍くらいの時間をかけて成長していってもらうのでも、こっちは一向にかまわない。ただ、それが親だけの希望でしかないということもよくわかっている。だって自分自身、大人になった今のほうが何倍も楽しいし、あのころに戻りたい！　なんて、どの時代に対しても思わないもん。あと、娘が倍の時間をかけて成長する設定と考えると、成人するころに僕は約80歳。いろいろとどうしようもない。

子育てに正解はきっとないし、子どもの数だけ形があるのだろう。僕は、世間一般で言う立派な人物とはほど遠く、常に余裕がなく、娘にもっといろいろとしてやりたい、与えられるものがあるなら与えてやりたいと思いながら、それができないことがもどかしい日々だ。それでも、おこがましくも娘に自慢できることが、せめて良い影響を与えてやれるのではないか？　という可能性があるとするなら、それは「今、楽しく生きている」ということにつきるのかもしれない。

ただ運が良かったとしか言いようがないけれど、「酒が好き」という趣味、生きがいが、なぜか仕事につながり、流されるがまま今に至って、当面生きられている。仕事には「生活に必要な資金を稼ぐこと」という目的が大きくあることは疑いようがない。ならばストレスフリーで、仕事相手に嫌いな人がいなくて、楽しいと思えることをなるべく多くやれるに越したことはない。そういう意味で自分は、本当に恵まれていると感じるし、娘にも、いつか自分の生きがいとなるような、好きなものが見つかればいいなと思う。それもまた、親の押しつけなのかもしれないけれど。

そういえば先日の夕飯どき、妻が作ってくれたおかずをつまみに晩酌をしている僕を見て、ニコニコしながら娘が言った。

「ぽこちゃんもはやく、おさけのんでみたいな〜」

よっぽど僕が、ニヤニヤと嬉しそうだったんだろう。ただ娘よ。酒というのは、たとえばジュースとか、君が好きな吸って食べるバニラアイス「クーリッシュ」のようには美味しくないぞ。いや、もちろん父にとってはクーリッシュよりずいぶん美味しいんだけど、そもそもジャンルが違うというか。

6歳の娘は今、僕がやたらと好んで日々飲んでいる酒を、どのようなものと想像しているんだろうか？ 答え合わせができるのは、少なくとも14年後。それまでも、成長過程ならではの出来事、問題、喜びなどはたくさんあるんだろうけれど、できるかぎり受け止め、酒と子育ての両立の日々を楽しんでいきたい。

そして酒飲みの子育ては続く

　この本の初めに、不特定多数の人々が目にする場で娘の本名を公開することがためらわれ、娘の仮称を「ぼこちゃん」と統一すると書いた。家でそう呼んでいるわけでも、娘が自分で名乗っているわけでもない名のその由来について一応書いておくと、あれは２０１４年のこと。当時放送中だったＮＨＫの連続テレビ小説「花子とアン」を毎朝夫婦で見ることが日課のひとつだった。そのなかで、確か主人公の花子に子どもが産まれた際、俳優の伊原剛志さん扮する花子の父親が、こう言ったのだった。

「こりゃあ、かわえぇ……ぼこじゃあ……」

　詳細はあやふやだけど、確かこんな感じ。それがなぜか僕らのツボにハマり、ことあるごとに、「かわえぇ……ぼこじゃあ……」とまねしては笑うというブームが一時期あった。その後次第に子どもが欲しいという想いが強まってきてからも、僕らは自然に「うちにもかわいいぼこが来てくれるといいね」などとと言いあっていた。やがて妻が妊娠し、病院から子どもの成長を記録するアプリをスマホにインストールするように言われ、その仮IDを決める際も、当然こうなる。「なにする?」「ｂｏｋｏでしょ」「やっぱそうだよね」。

とまぁ、それだけの理由。万が一、ずっと気になっていたなんて方がいたならば、拍子抜けで面目ない。

さて、これまでに約2年間、46回の「酒と子育て」がテーマの原稿を書いてきて、今あらためて思うことと言えば、相変わらず「娘がかわいい」ということにつきる。こんなにもひたすらかわいく、愛情をいくら注いでも注ぎ足りない人間が存在している。そしてその気持ちが、常に現在進行形で持続するばかりか、どんどん大きくなってゆくことは、僕の人生におけるいちばんの驚きだ。

とはいえ、僕はこの連載では、なるべく感情のままに娘のかわいさを賛美することを控えてきた（これでも）。親バカの浮かれ話を毎度読まされたって、親族関係者以外はおもしろくもないだろう。けれども、この連載もひとまず今回が最終回。最後くらい、思いっきり浮かれてしまうことを許してもらってもいいでしょうか?

そう、娘はかわいい。これはもう、誰に言っても信じてもらえないくらいにかわいい。この世に存在するもののなかで、群を抜いて圧倒的だ。

そもそも、造形として完璧。さらっさらの髪の毛。形の良いおでこ。ちょこんとした鼻に、ぷっくりとしたくちびるに、まだまだふっくらとしたほっぺた。年々その幅が深くなっている奥二重の目は、正面を向けばぱっちりと大きく、お絵かきや工作に集中しているときは切れ長でちょっとふてくされているようにも見え、笑うとまるで漫画のように、やまなりの一本線になる。どの表情も本当にかわいい。陶磁器のようななめらかさと、雪見だいふくのようなやわらかさをあわせ持つ肌の質感も、奇跡としか言いようがない。

最近、ふとした瞬間に「足、長！」と驚くが、赤ちゃんのころから成長してきた今までずっと、全身のフォルムに非の打ち所が一切ない。いや、一応頭では理解している。自分もいち生物であるがゆえ、「種の存続」という課題を背負っており、そのためのＤＮＡ補整が入っているであろうことは。たまに街で見るハーフの子なんかの、まるで人類のお手本のような造形の美しさとは、少し方向性が違うことは。けれどもやっぱり、我が娘をじっくりと見るにつけ、どうもこの世でいちばんかわいい子どもに見えるんだよなぁ。もしかしたら、本当にそうなのかもしれない。

ただ当然、外見などは最重要事項ではなく、人間の本質は中身にあると言ってもいいが、その中身がまたかわいいから困ってしまう。

日々できることを少しずつ増やしながら、純粋かつ真剣に生活を送っているところ。笑い上戸で、なにかおもしろいことがあるとけらけらとよく笑い、たまにしゃっくりが止まらなくなっているところ。保育園行事用に妻にお弁当を作ってもらった朝、海苔でパンダの顔を描いてもらったおにぎりに向かって「パンダちゃ～ん、あとでたべてあげるからね！」と無邪気に話しかけていたところ。ズボンや靴下はなぜか極限まで上げないと気が済まない質(たち)で、運動会を見学に行くと、誰よりもハイウエストなところ。朝起きたときのちょっとした不機嫌さや、夕方に訪れた睡魔に必死で抗っているときの白目ですらかわいい。

というかもう、こんなこまごまとした事例をあげ始めたらいつまでも収拾がつくわけがない。娘のちょっとしたかわいいポイントなんて、いくらでもある。無限。なので最近よく、こんな妄想をする。娘が産まれてから小学校低学年くらいまでの間、娘と触れ合っている間の自分視点の映像を、すべて残さず記録してくれるビデオカメラ。つまり、もしそういうものがあったら、老後にもう一度バーチャルで、娘のかわいさを誕生から順を追って追体験することができるというわけだ。ゆったりとしたソファに腰かけ、VRヘッドセットでその映像に没入し、なんなら生命活動に必要な栄養素は、点滴で自動的に補給してくれるのでもいい。ただ、それとは別に、夕方くらいにいったん、酒とつまみはほしいけれど。人体のどっかに埋め込むかなんかして、子どもが視界に映ると自動的に起動する、「我が子映像全記録カメラ」。現代の技術ではまだ難しいかもしれないけれど、近い将来ならいけるんじゃないだろうか?　けっこう、いいビジネスになるような気がするんだけど。

以前に、地元石神井公園の伝統行事で、紙製の真っ白い燈籠に好きな絵を描き、そのなかに火のついたろうそくを入れて石神井池に流す「燈籠流し」というお祭りに、保育園の友達家族たちと出かけていったときのこと。

友達のHちゃんが、燈籠の一面を大きく使って、ギザギザのサメの歯のような絵を描いていた。娘が「Hちゃん、それな～に～?」と聞く。するとHちゃんは、「これはね、でっかいかいじゅうのはだよ。ぼこちゃんとか、うちのパパをたべちゃうんだよ!」と答える。それを聞いて娘は、心底楽しそうに大笑いしていた。ところがHちゃんが「ぼこちゃんのパパもたべられちゃうよ！」と言うと、なんということだろう。娘は突然表情を変え「やだ！　パパたべないで！」と、ぽろぽろと涙をこぼしながら泣き出してしまったのだ。人生に、こんなにも胸が苦しくなる瞬間ってあるだろうか？　僕は笑顔で「ぼこちゃん、想像のお話だから大丈夫だよ」などとフォローするが、心のなかでは完全に泣いていた。こんなにも純粋な優しさがこの世にあったとは。

そう、娘はとにかく「優しい」のだ。それは、とうてい僕なんかには敵わない、純粋で尊くて崇高な精神。もはや、生まれてきた時点で、自分などとは位が違うとしか思えないほどに。

保育園も年長となってくると、場面場面で自分勝手なわがままを通そうとし、友達に対して強い言葉を使ったりする子どもも出てくる。陰湿ないじめというほどではないものの、一時的に「〇〇ちゃんはいれてあげない！」なんてシーンもよくあるようだ。先生から報告を受けたり、娘が「きょう、ほいくえんでいやなことがひとつあった」と言うので妻がよく話を聞くと、娘はたいてい、「そんなことというのはおかしいよ」とか「〇〇ちゃんもなかまにいれてあげよう」と、どこからどう見ても正しい意見を主張している。たった6歳の女の子がだ。過去の自分にはとうていできていなかった。なぜこんなにも優しい子どもが存在し、しかも自分の娘であるんだろうか。ただただ、不思議。

先日、十数年使い続けた洗濯機を買い換えた。以前のものは近年、使うたびに何度も「がったん、がったん、ピピピピピ」と異音を発し、その度にスイッチを押しなおしにいかなければならないという、だいぶストレスのたまる状態だった。家事のなかでも洗濯は妻にまかせきりなので、主に妻がストレスをためていたんだけど。そんな洗濯機を最新の乾燥機能つきドラム式に買い換えたので、今や快適そのもの。ただ、業者さんがくる当日の朝、妻が、もはや戦友ともいえる古い洗濯機を眺めながら言う。「なんかちょっと、寂しいかも……」。するとそれを見ていた娘にも思うところがあったのだろう。なんと、古い洗濯機の前に体育座りをして、目に涙をためながら「せんたくき、かえちゃうのやだ……」と言いだし、そこから動かなくなってしまった。それでも30分近く、僕と妻でかわるがわる説得し、ようやく納得してくれた娘は、最後に古い洗濯機にぎゅっと抱きつき、ささやくような声で言った。

「だいすきだったよ……いままでありがとうね……わすれないよ……」

ここまでくるともう、度を超えているだろう。それを見ている僕も、なんだかおかしいような、切ないような、嬉しいような、よくわからない気持ちになる。ただ少なくとも、子育てという機会がなければ絶対に経験することのなかった心情であることだけは確かだろう。

と、なんだか実例をあげ始めたら、これからもう一度連載を始められそうなくらいに書きたいことが思い浮かんでくるが、娘も年が明けて4月になれば小学生。どんどん心は複雑に成長してゆくだろうし、無邪気な幼児とは違い、こういう場に書かれて嫌なことだって出てくるだろう。やはりいったん、ここで区切りをつけさせてもらおうと思う。

それにしても、子育てはとことんおもしろい。そして、もちろん大変なこともあるけれど、それ以上に、娘が生まれる以前は感じたことのなかったタイプの幸せが、バレーボールのレシーブ練習のように、日々容赦なく、バシバシと自分に向かってふりそそいでくる。きっと自分は、今だけの、かなり特殊な経験をしている最中なのだろう。

ここで最後に、話を酒に戻そう。たとえば、「今後一生娘に会えないのと、今後一生酒を飲めないの、どちらかひとつしか選べないとしたらどうする？」と、神様に選択を迫られたとする。当然、一択で酒を捨てる。究極の選択にもなっていない。

ただ幸いなことに、僕の人生に、今のところそういう神は現れていない。ならば、子育てをしながら酒も飲む。この大いなる矛盾と幸福に満ちた人生を、まだしばらくは続けさせてもらおうと思う。

かつて「育児エッセイだけは絶対に書かない」と心に決めていた僕に、この機会を与えてくださった編集者の森山裕之さんと、ここまでお読みくださった読者のみなさま。そして最愛の娘と妻に、心からの感謝の意を表します。

缶チューハイとベビーカー
完

WEBマガジン『OHTABOOKSTAND』ohtabookstand.com（太田出版）連載「缶チューハイとベビーカー」第1回2022年2月1日～第46回2023年12月15日配信を大幅に加筆修正しました。

パリッコ
1978年、東京生まれ。酒場ライター、漫画家、イラストレーター。酒好きが高じ、2000年代より酒と酒場に関する記事の執筆を始める。著書に『酒場っ子』(スタンド・ブックス)、『つつまし酒』(光文社)、『天国酒場』(柏書房)など。2017年に娘が誕生し、人生の未体験ゾーンに突入。妻とともに試行錯誤の日々を送りつつ、とにかく娘はかわいい。

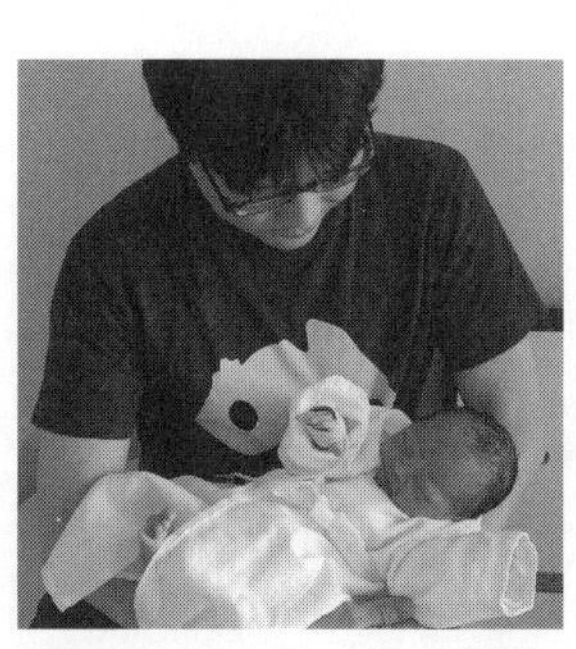

缶チューハイとベビーカー

二〇二四年七月十一日　初版発行

著　者　パリッコ
編集発行者　森山裕之
発 行 所　株式会社太田出版
〒一六〇-八五七一
東京都新宿区愛住町二二
第三山田ビル四階
TEL　〇三-三三五九-六二六二
FAX　〇三-三三五九-〇〇四〇
ohtabooks.com

印刷・製本　株式会社シナノ

ISBN 978-4-7783-1947-2 C0095

STAND BOOKS

スタンドブックス
２０１６年設立の出版社
２０２４年より太田出版内の出版レーベル

パリッコ（著）

『酒場っ子』スタンド・ブックス

ISBN978-4-909048-03-5 C0095　四六変型判320頁　定価：本体1,500円（税別）

若手飲酒シーンの旗手・パリッコ初の酒場エッセイ集!!　すべての呑兵衛たちへ。今夜のお酒のおともに、あるいは休肝日のおともに。いま最も信頼のおける書き手である酒場ライター・パリッコによる、これまでの酒場歩きの総決算となるエッセイ集。右肩下がり時代のまったく新しいリアルな飲み歩き。どこでも楽しく飲むには。

パリッコ（著）

『ノスタルジーはスーパーマーケットの2階にある』スタンド・ブックス

ISBN978-4-909048-11-0 C0095　四六変型判288頁　定価：本体1,700円（税別）

毎夜、酒場の暖簾をくぐる。そんな酒場ライター・パリッコの生活がコロナ禍で一変。酒場の代わりに通う場所は、近所の「スーパーマーケット」。日常にひそむ胸騒ぎも、胸を締めつけるノスタルジーも、すべてがここにあった。どんな状況でも私たちの生活はこんなにも楽しい。「やってみなければわからないことをやってみた」エッセイ集。

パリッコ／スズキナオ（編著）

『のみタイム　1杯目　家飲みを楽しむ100のアイデア』スタンド・ブックス

ISBN978-4-909048-09-7 C0095　A5変型判132頁　定価：本体1,500円（税別）

どんな状況でも、楽しい酒の飲み方はあるはず。若手飲酒シーンを牽引する人気ライターのパリッコとスズキナオが編集、執筆を務める飲酒と生活の本『のみタイム』。日常を楽しくする、使えるアイデアが満載！　ラズウェル細木、夢眠ねむ、清野とおる、今野亜美、平民金子、香山哲、イーピャオ、METEOR他、豪華執筆陣！

パリッコ／スズキナオ（著）

『ご自由にお持ちくださいを見つけるまで家に帰れない一日』スタンド・ブックス

ISBN978-4-909048-14-1 C0095　四六変型判372頁　定価：本体1,800円（税別）

「チェアリング」を生み出した飲酒ユニット「酒の穴」パリッコ、スズキナオによる対話エッセイ集。「冷やしアメリカはじめました」他、なんだか生きづらい世の中へのささやかな抵抗を試みる全26篇。「くっだらなくてしょうもない与太を飛ばしているだけのパーフェクトな世界！」（BOSE）、「『いつも』の景色に、『しあわせ』を見つける天才ふたり」（日比麻音子）。